D1925799

Rainer Moritz
Sophie fährt in die Berge

Rainer Moritz

Sophie fährt in die Berge

Roman

Piper München Zürich

Mehr über unsere Autoren und Bücher:
www.piper.de

Von Rainer Moritz liegen im Piper Verlag vor:

Ich Wirtschaftswunderkind
Die Überlebensbibliothek
Madame Cottard und eine Ahnung von Liebe
Madame Cottard und die Furcht vor dem Glück

FSC
www.fsc.org
MIX
Papier aus verantwortungsvollen Quellen
FSC® C014496

ISBN 978-3-492-05426-3
© Piper Verlag GmbH, München 2012
Gesetzt aus der Whitman
Satz: Satz für Satz. Barbara Reischmann, Leutkirch
Druck und Bindung: GGP Media GmbH, Pößneck
Printed in Germany

*»In der Liebe aber ist es leichter,
auf ein Gefühl zu verzichten,
als eine Gewohnheit abzulegen.«*

*Marcel Proust,
Auf der Suche nach der verlorenen Zeit, Bd. 5:
Die Gefangene*

1

Silvestereinladungen misstraute sie. Wann immer sie in den letzten Jahren versucht hatte, aufgekratzt ins neue Jahr hinüberzurutschen, stellte sich der Misserfolg zwangsläufig ein. Mal stürzte sie heillos ab, mal ging sie in der U-Bahn am Fehrbelliner Platz ein betrunkener Rentner mit dem Stock an, und mal geriet sie sich mit den Gastgebern beim Raclette in die Haare, wegen eines politischen Themas, an das sie sich beim besten Willen nicht mehr erinnern konnte. Dieses Jahr, das hatte sie sich schon im September vorgenommen, würde sie sich tot stellen und allen Freunden weismachen, den Jahreswechsel irgendwo in der Karibik oder bei einer pflegebedürftigen Tante im Sauerland zu verbringen.

Sophie starrte auf die Einladung einer Studienfreundin, der sie nie geantwortet hatte. Für eine »Mottoparty« kam sie sich mit ihren fünfundvierzig Jahren zu alt vor. Sie verspürte keine Lust, sich als Figur aus einem Lieblingsfilm zu verkleiden und sich verzweifelt zu bemühen, die Kostümierungen der anderen Gäste zu erraten.

Kurz spielte sie mit dem Gedanken, als Phyllis Dietrichson aufzutreten, als jene wunderbar böse Frau in Billy Wilders »Frau ohne Gewissen«, doch dann scheute sie die Mühe, eine Perücke aufzutreiben, um ihr halblanges, undefinierbar braunes Haar in Barbara Stanwycks blonde Locken zu verwandeln.

Die Weihnachtstage hatte sie bei kinderlosen Freunden in Leipzig hinter sich gebracht, ohne anstrengende Rührseligkeit, und nun würde sie bis Anfang Januar abtauchen, um das Durcheinander in ihrem Kopf zu entwirren. Wenn das denn gelänge. Sie setzte sich auf den Küchenstuhl und blickte hinüber zu den Häusern auf der anderen Seite der Zähringerstraße. Kaum jemand zeigte sich an den Fenstern, die meisten Berliner schienen die Stadt verlassen zu haben, wanderten in wattierte Jacken gehüllt die Ostseestrände entlang oder wohnten ihre Wochenendhäuser im Umland ab. Sophie besaß keine Datsche, und sie wusste auch nicht, wozu sie eine hätte besitzen sollen. Wo sie ohnehin unsicher war, wie lange sie es in Berlin noch aushalten würde.

Vor bald einem Jahr hatte ihr Mann das Weite gesucht, und der Sommer hatte … nein, ihr Leben hatte er nicht verändert. Der Sommer in Südtirol und der Herbst danach hatten Zweifel gesät, an ihrem Alltag, an ihrem Beruf, an ihrem Lebenstempo. An allem, hätte sie beinahe gedacht, doch mit der für sie typischen Entschlossenheit rief sie sich zur Räson und verbat sich Verallgemeinerungen. Wie ihr Menschen zuwider waren, die alles in Bausch und Bogen verdammten oder lobten. Würde sie an allem zweifeln, hätte sie der Stadt längst den Rücken gekehrt und sich der Schafzucht in Neuseeland gewidmet. Sie goss sich Kaffee ein und fuhr mit der Hand über den Ärmel ihres Pullovers. Schafwolle? Zählten Alpakas zu den Schafen? Oder waren das Kamele? Kamelwolle zu tragen wäre ihr unangenehm.

Sie würde wenig tun in den nächsten Tagen, keinen Winterspaziergang im Grunewald unternehmen, keine Museen – das sowieso nicht! – besuchen, ihre E-Mails ignorieren oder höchstens einmal am Tag durchsehen. Ab und zu vielleicht in einem Buch blättern. Den Kühlschrank hatte sie aufgefüllt mit dem wenigen, was eine alleinlebende Frau benötigt. Im Tiefkühlfach schlummerten sicher unverhoffte Schätze. Glaubte sie. Und der Gemüsehändler unten im Haus hatte sie mit Äpfeln, Orangen und Kohlrabi versorgt. Sie stellte sich einen Berg vor, der sich aus ihrem Lieblingsgemüse zusammensetzte, liebevoll aufgeschichtet, einen stuhlhohen Kohlrabiberg. Seitdem sie von Köln nach Berlin gekommen war und den Gemüsemann ihres Vertrauens gefunden hatte, verzehrte sie Unmengen von Kohlrabi. Gegen einen Kohlrabi, roh oder gedünstet, ließ sich nichts sagen. Erdal, ihren treuen türkischen Gesundheitszuträger, verdächtigte sie seit Längerem, die besten Knollen für sie zurückzulegen. Unvorstellbar, wenn sie mit einem Mal auf Fenchel oder Zucchini umstiege. Das konnte sie dem Mann nicht antun.

Sophie beschloss, die nächsten Tage von der Welt nichts wissen zu wollen und die Südtiroler Tage heraufzubeschwören. So wie bisher weiterzuleben und zu warten, bis andere, bis ein anderer ihr die Entscheidung abnähme, damit musste Schluss sein. Danach, spätestens am Neujahrstag würde sie klarer sehen. Sicher.

Draußen zog sich der Himmel zusammen. Berliner Dezemberdunkelgrau. Schneeschauer waren angekündigt.

2

Das Regenwasser stand in den tiefen Furchen, die sich über den ganzen Parkplatz ausbreiteten. Wie immer im Sommer drängten sich die Autos hinter dem Unterbalwitter Hof dicht aneinander. Sophie war erleichtert, ihr Ziel unbeschadet erreicht und sogar die Haarnadelkurven hinauf nach Barbian überstanden zu haben. Als Beifahrerin wäre ihr sicher kotzübel geworden, wie früher, als sie in Vaters Audi 80 die Verwandten in der fränkischen Schweiz besuchten und ihr schon nach wenigen Kilometern Landstraße auf Knopfdruck schlecht wurde. Wochenlang hielt sich der Gestank des Erbrochenen im Wagen, und Vaters Laune hätte nicht frostiger sein können, als sie endlich bei Tante Anneliese in Pommersfelden ankamen.

Sophie sah sich um, studierte die Autokennzeichen, die ihr eine erste Ahnung davon gaben, mit wem sie die nächsten zwei Wochen verbringen würde. Berliner wie sie natürlich, aber auch Hamburger und Düsseldorfer und zwei britische Wagen.

Sophie wuchtete ihr Gepäck aus dem Kofferraum, sorgsam darauf bedacht, das gänzlich unpassende Schuhwerk nicht in eine der Lachen zu setzen. Heute Abend erst würde sie sich in eine Bergziege verwandeln, denn nichts fand sie peinlicher als naturliebende Großstädter, die sich in lächerlichen Latschen Gipfeln nähern wollten. Sie hatte vorgesorgt und in einem Outdoor-Laden schicke, rotschwarze Wanderschuhe erstanden, die jetzt Trekkingschuhe hießen und sich für jeden steinigen Grat eigneten.

In zehn Minuten sei er bei ihr, hatte der Mann vom Taxidienst ins Handy gerufen, und die Leute aus Krefeld werde er auch in den Großraumwagen packen. Auf die Koffer käme es ja nicht an, die könne man zur Not zurücklassen, hatte er prustend hinzugefügt, ganz beglückt davon, die Sommerfrischler gleich mit einem gelungenen Scherz aufzuheitern.

Am hinteren Ende des Parkplatzes schlugen Autotüren zu. Sophie sah hinüber, das mussten die Krefelder sein, ein älteres Ehepaar mit einem überraschend kleinen Kind. Seit ein paar Jahren kamen ihr alle Leute ihres Alters älter als sie selbst vor. Empört reagierte sie, sobald sie mitbekam, dass sie Gleichaltrige vor sich hatte. Bewegte sie sich auch so schleppend? Stöhnte sie leise beim Treppensteigen und verzog unzufrieden ihr Gesicht? Das konnte heiter werden, in fünf oder zehn Jahren, wenn sie in die Wechseljahre käme. Wechseljahre – ein Wort, das sich nur ein Mann ausgedacht haben konnte, vermutlich ein finsterer Gynäkologe aus dem 19. Jahrhundert. Sie schlug die Kofferraumklappe zu und beschloss, diesen Gedanken nicht weiterzuverfolgen. In einer Frauenzeitschrift hatte sie gelesen, welche Symptome das Klimakterium üblicherweise mit sich brächte – eine Litanei, die eine Frau glatt dazu verleiten konnte, sich den Gnadenschuss zu geben. Es reichte ihr, an das zu denken, was ihr in den letzten Monaten widerfahren war.

Natürlich dauerte es fast eine halbe Stunde, bis sich das

wuchtige Großraumtaxi auf den Parkplatz zwängte. Die Räder griffen kaum, pflügten sich durch den aufspritzenden Schlamm, bis der Wagen abrupt zum Stillstand kam. Der Schriftzug »Kastner-Taxi« zog sich in geschwungenen gelben Buchstaben über die Fahrer- und Beifahrertüren, und kaum stieg der Chauffeur aus, erkannte sie ihn wieder. Seinen blauen Schurz, sein Gesicht, noch wetterzerfurchter als bei ihrem letzten Aufenthalt, sein verschmitztes Lachen, sein skeptisch freundlicher Blick, der sofort erfasste, mit welcher Art von Gästen er es zu tun hatte. Überraschen konnte man ihn nicht mehr, seit zwei Jahrzehnten fuhren er und sein Sohn die Waldstrecke hinauf und hinunter, mehrmals am Tag, entweder nach Zweikapellen oder noch zweihundert Meter höher hinauf zum Sonnenhäusl. Der alte Kastner kannte die Stammgäste, und er hätte ohne Zögern Prognosen abgegeben, wer von den Ankömmlingen sich hierher verirrt hatte, verführt durch einen mit erlesenen Fotos garnierten Zeitschriftenartikel, der die Abgeschiedenheit des Berghotels pries.

Sie erkenne er wieder, rief er Sophie zu, drückte ihre Hand so kräftig, dass sie beinahe aufgeschrien hätte, und hievte ihren sperrigen Koffer auf die Ladefläche. Mit einer Freundin, einer Kurzhaarigen, sei sie heroben gewesen, vor sechs oder sieben Jahren, nicht? Sophie lächelte ihn staunend an, nicht nur, weil sich der Mann an sie erinnerte, sondern weil es ihr nicht schwerfiel, sein kehliges Deutsch zu verstehen. Das Ehepaar aus Krefeld – Lehmann heißen wir, und das ist unsere Julia – schien bereits an dieser ersten Aufgabe zu scheitern und starrte auf Kastners Mund, als ob sie diesen nur lange genug fixieren müssten, bis die Sätze in einer niederrheinischen Synchronfassung als Sprechblasen aufstiegen.

Alle drei nahmen in der zweiten Reihe des Siebensitzers Platz, Julia auf dem Schoß ihrer Mutter … oder handelte es sich doch um die Großmutter? Kastner ließ den Motor aufheulen, um den Städtern zu zeigen, was sein Allradantrieb leistete. Frau Lehmann – wir sind zum ersten Mal in der Gegend – klammerte sich an den Türgriff, während das Kind aufjuchzte und Kastner anfeuerte. Sophie sah aus dem Fenster, erinnerte sich mühelos an das Sägewerk und an die Waldwegkurven, die Kastner mit geschlossenen Augen hätte nehmen können. Schlaglöcher und hervortretende Baumwurzeln ließen den Wagen hin- und herschaukeln. Kastners Augen blitzten im Rückspiegel auf. Eine Autobahn sei das nicht, rief er seinen Gästen im Fond zu und beschleunigte, sodass der Wagen mit einem kleinen Sprung die nächste Bodenwelle nahm. Abstürzen tun wir selten, kein Grund zur Aufregung also.

Ist es weit bis zum Hotel? Herr Lehmann meldete sich erstmals zu Wort, sichtlich darum bemüht, Souveränität an den Tag zu legen. Kastner schwieg, grüßte zwei Wanderer, die sich an eine Böschung pressten.

Nur ein kurzes Stück, Herr Lehmann. Zu Fuß braucht man eine gute Dreiviertelstunde, wenn man sich an die Bergluft gewöhnt hat. Ich heiße übrigens Sophie Hauffe und komme aus Berlin.

Sophie wunderte sich über sich selbst. Wie leutselig sie mit diesen fremden Leuten sprach, wie hilfsbereit, obwohl sie wusste, dass man hier oben aufpassen musste, nicht zu früh Anschlussbereitschaft zu zeigen. Sie hatte nicht vor, die kommenden Wochen als Eremitin an einem Einzeltisch zu verbringen, aber zu früh die eigenen Lebenskarten auf den Tisch zu legen, war riskant. Sie reduzierte ihr Lächeln und bemerkte erleichtert, dass Herr Lehmann von der torkelnden Fahrt zu stark beansprucht war, um in Konversation zu brillieren. Seine Frau schwieg und starrte die Kopfstütze des Beifahrersitzes an. Die kleine Julia wackelte auf den Beinen ihrer Mutter herum und wollte den Himmel des Autos mit ihrem Haarreif erreichen.

Gleich würden sie die letzte Kurve nehmen, gleich würde sich der Blick auf den Gasthof auftun, dieses Holzhaus mit seinen drei Stockwerken, seiner tiefen Terrasse, seinen Anbauten, die sich in die Landschaft einfügten, als seien sie schon immer da gewesen. Den ganzen Tag über hatte sie sich auf diesen Anblick gefreut, auf dieses Versprechen, das in diesem Sommer mehr zu halten hatte als vor sechs Jahren, als sie mit ihrer Freundin Brigitte zum ersten Mal hier abgestiegen war. Kastner beugte sich vor, als wollte er dem beanspruchten Taxi Hilfestellung geben, und dann hatte Sophie ihr Ziel erreicht. Die Lehmanns auch, doch das interessierte sie nicht.

3

Ob es zum Hotelgewerbe gehörte, dass alle so taten, als würde man seine Gäste selbst nach Jahrzehnten mühelos wiedererkennen? Wahrscheinlich übten sich die Betreiber allabendlich darin, Gesichter zu memorieren, um für die Anreisezeremonie des kommenden Tages gewappnet zu sein. Vielleicht zogen sie das Internet zu Rate und glichen Fotos ab. Wenigstens hatte der junge Gruber nicht ausgerufen, dass sie sich überhaupt nicht verändert habe. Man musste als Hotelbesitzer glaubwürdig bleiben. Sophie wusste zu gut, wo und wie ihr Körper in den letzten Jahren an Perfektion verloren hatte. Die scharf gezeichneten Fältchen an den Augen, die sich beim Lachen wie Safranfäden ausbreiteten. Die braunen Punkte auf ihren Händen, die noch nicht wie Altersflecken aussahen, aber dennoch den ästhetischen Eindruck nicht verbesserten. Und natürlich die Fettpölsterchen an den Hüften, die sie trotz Halbpension in diesen Ferien bekämpfen würde. Vielleicht. Jeden Tag eine anstrengende Wanderung. Jeden Tag die planschenden Kinder im Pool nicht beachten und kräftige Schwimmzüge tun, am besten vor dem Frühstück, das überdies nicht jeden Tag mit Kräuterrührei angereichert werden musste. Und zu Hause würde sie im Herbst Disziplin üben und sich zum täglichen Jogging im Volkspark zwingen. Als plötzlich alleinstehende Frau musste man auf sich achten. Sie registrierte inzwischen die Blicke der Männer genauer, Blicke, die ihren Körper taxierten und sich Beischlafchancen ausrechneten. Wenn diese Blicke ausblieben und die Männeraugen sie als nicht mehr wettbewerbsfähig betrachteten, war das Rennen gelaufen. Vielleicht würde sie diese Ruhe dann genießen. Wahrscheinlich nicht.

Immerhin, Sophie hatte sich über Grubers Begrüßung gefreut, über seinen festen Händedruck, den man anderswo als Körperverletzung eingestuft hätte. Ob alle Südtiroler diese Angewohnheit hatten? Über sein herzliches »Na, haben Sie es in Ihrem Berlin nicht mehr ausgehalten?« und über seinen Hinweis, dass man ihr nach der Absage eines Gastes ein besseres Zimmer gebe, mit einem tieferen Balkon. Sophie hatte sich bedankt, sich nach Frau Gruber und den Kindern erkundigt, verblüfft erfahren, dass eines hinzugekommen sei, der inzwischen zweijährige Konrad. Drei Kinder seien besser als zwei, das erhöhe die Wahrscheinlichkeit, dass jemand aus der Sippe den Betrieb weiterführe, irgendwann, wenn man selbst nur noch im Schaukelstuhl auf der Terrasse sitzen und von den alten Zeiten erzählen könne.

Der junge Gruber. Sophie stand auf ihrem Balkon, die Hände auf die Brüstung gestemmt. Schrundiges Holz überall. Wie selbstverständlich sprach sie in Gedanken vom jungen Gruber, obwohl es gar keinen alten Gruber mehr gab. Schon lange nicht mehr, meinte sich Sophie zu erinnern, doch wenn ein Gasthof über mehrere Generationen in Familienhand war, bürgerte es sich ein, die Jungen als Junge zu bezeichnen, bis die Enkel das Ruder übernahmen und es einen neuen jungen Gruber gab. Es wirkte nicht so, als würde das Selbstbewusstsein des aktuellen jungen Gruber darunter leiden, dass man ihn beständig auf seinen Vater bezog. George W. Bush hatte es als Junior schließlich zum Präsidenten gebracht.

Tief unten im Eisacktal wand sich die Autobahn; mit bloßem Auge erkannte man die Lastwagen, die sich heute Nachmittag dicht an dicht aneinanderdrängten. Ein paar Wohnmobile, sicher aus Holland, deren Stau erprobte Fahrer froh waren, den Brenner hinter sich gelassen zu haben. Erstaunlich, dass das Brummen der Motoren bis in die Höhe schallte, als dezentes Hintergrundgeräusch. Nach wenigen Tagen würde sie es nicht mehr wahrnehmen, hätten sich ihre Ohren akklimatisiert, würde sie denken, es herrsche himmlische Ruhe auf den Sonnenbänken vor dem Haus.

Sophie freute sich an dem Zimmer, das ihr der junge Gruber zugeschustert hatte. Wahrscheinlich genossen Frauen ohne Begleitung einen Bonus, einen Mitleidsrabatt. Ein großzügig geschnittenes Zimmer mit schönem, überdachtem Balkon – das verringerte die Gefahr, dass Frauen ohne Begleitung in Schwermut verfielen oder sich dem erstbesten Mann an den Hals warfen. An der Wand zum Nachbarbalkon stand eine verschlissene Wohnzimmerliege, die sich sehr gut für einen Mittagsschlaf eignete. Sie würde sich in den kommenden Wochen jeden Tag zur Siesta niederlegen. Niemand triebe sie zur Eile an. Hoffentlich hielt sie das aus. Und wenn es heiß werden würde, könnte sie die Nacht draußen verbringen, die Lungen mit einer hohen Dosis an alpinem Sauerstoff erschrecken.

Wie gut dieser Ausblick tat, über die Wiesen hinweg, die Gehöfte, die sich unterhalb Zweikapellens ausbreiteten, über steingraue Zaunlatten und auf der anderen Seite des Tals verstreute Dörfer, deren Namen Sophie nicht einfielen, mit schlanken Kirchtürmen und dahinter die abgestuften Berggipfel, die in die Dolomiten übergingen. Wie sie hießen, diese Zwei- und Dreitausender, das würde Sophie bald wieder einfallen, spätestens, wenn sie unten im Gruber'schen Büro eine Wanderkarte erstanden und sich alle Höhenzüge, die von Luis Trenker und seinen Nachfahren erklommen worden waren, eingeprägt hätte. Schlern … einer von denen da drüben hieß so, Schlern. Wie schon die fremden Namen ein erstes Urlaubsgefühl vermittelten.

Sophie wandte sich von den Schlerns und Langkofels ab, ging in ihr Zimmer zurück. Mit geübten Handgriffen verteilte sie ihren Kofferinhalt auf die Regalbretter des Bauernschranks, dessen Kassettentüren mit blassroten Rosen bemalt waren. Zwei Pullover, ein dicker Schal. Mit Wetterumschwüngen musste man rechnen, und wer wie sie die Abendstunden nach dem Essen auf der Terrasse verbringen wollte, mit einem Zigarillo und einem Viertel Lagrein Dunkel, der brauchte wärmende Stoffe um sich.

Sophie blickte sich um, strich mit den Augen die drei Holzbalken entlang, die sich über die Decke und über ihr Bett zogen, von dem aus sie morgens beim Erwachen einen Ausschnitt des Bergpanoramas und die dahinziehenden Wolken sehen würde. Und vor allem freute sie sich auf den Moment, wenn sie nachher ihr Nachthemd überstreifen und unter das massive Oberbett schlüpfen würde. Schwerste Daunen, das gehörte zu einem Berggasthof, der nicht auf Wellness machte, Daunenungetüme wie früher bei ihrer oberbayerischen Großmutter, Daunenlasten, die sie zu Hause keine Nacht ertragen hätte.

Bis es so weit wäre, galt es, fünf, sechs Stunden zu überstehen. Das erste Abendessen war das schwerste. An welchen Tisch sie die Grubers wohl platzieren würden. Einzeltische gab es zu dieser Jahreszeit nicht. Sie hoffte auf die Feinfühligkeit des jungen Gruber, der sicher wusste, wie behutsam man die Tischgesellschaft für verlassene Ehefrauen auswählen musste. Obwohl er ihr wohl kaum angesehen hatte, dass sie allein lebte, seit einem halben Jahr, als ihr Mann nach achtzehn Ehejahren beschlossen hatte, anderswo sein Glück zu suchen. Nicht bei einer platinblonden, silikonunterfütterten Studentin, das wenigstens hatte er ihr erspart, doch warum er gegangen war, hatte sie bis heute nur vage begriffen. Wenngleich sie bald gemerkt hatte, dass es sich ohne ihn besser lebte, ohne sein Überalles-Bescheid-Wissen, dieses Sich-wichtig-Machen eines außerplanmäßigen Professors, der mit seinen neunundvierzig Jahren merkte, dass er es wohl nicht mehr zum planmäßigen Professor bringen würde – ein Manko, das er als persönliche Beleidigung auffasste.

Die Wohnung hatte Markus ihr überlassen, einen Teil der Miete übernehmend, und war in den Ostteil, nach Friedrichshain gezogen. Der alte Westen sei nicht zu ertragen, diese wehleidige Selbstgefälligkeit, dieses abgestandene Lebensgefühl. Wer etwas auf sich halte, müsse im pulsierenden Osten der Hauptstadt leben. Tu dir keinen Zwang an, hatte sie erwidert und sich insgeheim gewundert, dass er zwanzig Jahre nach der Wiedervereinigung meinte, ein Umzug in den Osten ließe sich als Aufbruchssignal verkaufen. In ein, zwei Jahren würde er stillschweigend zurückziehen, ins altbackene Charlottenburg oder nach Schöneberg, über den zu Unrecht gehypten Berliner Osten lamentieren und in seinen alten Trott verfallen. Jahrelang hatte sie geglaubt, er sei glücklich gewesen an ihrer Seite, und sie selbst hätte anderen gegenüber das Gleiche behauptet. Warum man erst hinterher merkte, was man sich für einen Unsinn einredete, jahrelang. Vielleicht sollte sie ihm dankbar sein.

Sophie zupfte an ihren Locken, die sich nicht entscheiden konnten, ob sie zu einer Kurz- oder Langhaarfrisur gehören wollten. Der Rock saß gut, die züchtig geschlossene Bluse auch, dazu der grellrote Schal, der von ihrer nicht mehr makellosen Halspartie ablenkte. Sie griff nach ihrem schwarzen Pullover und fand sich schick genug, um der Herausforderung des ersten Abends in Zweikapellen entgegenzutreten. Hunger hatte sie, und wie.

4

Eine Unterkunft wie diese lebte von Ritualen. Die Stammgäste – und Sophie war es beim ersten Mal so vorgekommen, als gebe es nur Stammgäste – legten Wert darauf, sich binnen weniger Stunden in die immergleichen Abläufe einzuklinken und das Gefühl zu bekommen, dass seit dem letzten Sommer keine Zeit verstrichen, niemand der Anwesenden älter geworden sei. Vor Jahren, erzählte man sich, habe der junge Gruber versucht, das viergängige Abendmenü zweimal in der Woche durch ein warmes Büfett zu ersetzen. Bekommen war ihm diese Revolution nicht; Beschwerdebriefe trafen ein, Stornierungen drohten. Stillschweigend hatte man die Büfetttage im nächsten Jahr aufgegeben; die Stammgäste mieden es, über diesen Vorgang zu sprechen, aus Rücksicht dem jungen Gruber gegenüber. Auch der müsse sich die Hörner abstoßen.

Sophie verstand diese Haltung, dieses Beharren auf dem Dauerhaften. Zu Hause hätten sich viele über eine solche Einstellung geärgert, von Spießertum und unflexibler Kleinbürgerlichkeit geredet. Auf dem Berg verschoben sich die Maßstäbe, auf dem Berg wertete man nachsichtiger. Sophie freute sich auf den sofort erkennbaren Rhythmus. Mehr als vierundzwanzig Stunden brauchten eingefleischte Zweikapellener nicht, um Abläufe zu akzeptieren, ja, gutzuheißen, die sie andernorts verdammt hätten.

Viertel vor sieben, eine gute Zeit, den ersten Schritt zu tun. Um halb acht würde einer der Kellner mit der Kuhglocke durchs Haus eilen und die Essenszeit verkünden. Manchmal durfte einer der kleinen Gäste diese wichtige Aufgabe übernehmen. Sophie erinnerte sich unscharf an einen Jungen im Kindergartenalter, der mit ernster Miene von einem Terrassentisch zum anderen zog und an der schweren Glocke rüttelte, voller Stolz darüber, in die Arbeitsabläufe der Großen eingebunden zu werden.

Alles musste wie am Schnürchen laufen, um die fünfzig oder sechzig hungrigen Gäste zufriedenzustellen. Sophie war es so vorgekommen, als ließen die Urlauber auf dem Berg größeres Entgegenkommen walten. In einem Berliner oder Krefelder Restaurant hätten sie schneller aufbegehrt, wenn ein Hauptgericht auf sich warten ließ oder es am Weinnachschub haperte.

Viertel vor sieben, eine gute Zeit, um auf der Terrasse einen Aperitif zu nehmen und sich den anderen vorsichtig zu nähern. Sonntag war Ab- und Anreisetag, da regierte das Chaos, bis alle ihre Zimmer bezogen und Familie Gruber mit den angestauten Fragen behelligt hatten. Unruhe lag über dem ganzen Haus; das Gefüge geriet kurzzeitig außer Kontrolle, die einzelnen Figuren irrten über das Spielfeld, brauchten Zeit, bis sie die ihnen zugewiesene Position einnahmen. Sophie stieg die ausgetretenen Treppenstufen hinunter, warf einen Blick in Grubers Büro, hörte Ballwechsel und Jubelrufe aus dem Tischtenniszimmer und prüfte die Menükarte für den Abend, die die Neuankömmlinge noch nicht gesehen hatten. Sie machte einen Abstecher in die Speiseräume. Hoffentlich hatte man sie im Hauptraum platziert, mit Blick auf die Hänge gegenüber.

Alles war beim Alten geblieben. Die Vorbereitungen fürs Abendessen liefen an. Die Salatschüsseln auf der Anrichte – Gang Nummer eins – reihten sich aneinander. Karotten, Gurken, Rettich, rote Bohnen, Blattsalate, Maiskörner und die schrumpeligen schwarzen Oliven, die nicht so fade wie ihre feisten Verwandten mit glatter Haut schmeckten.

Guten Abend. Sophie grüßte eine der Bedienungen, die die Steinguttöpfe mit den Salatdressings herbeischleppte. Maria ... Martha ... wie hieß sie noch, diese unermüdlich liebenswürdige Person, die von morgens bis abends auf den Beinen war und die erste Eierbestellung beim Frühstück genauso freundlich entgegennahm, wie sie dem Verlangen der Gäste begegnete, die nicht zu den frühen Zubettgehern gehörten und mit einem Marillenschnaps das Urlaubsglück begießen wollten. Magda! Magda, so hieß sie. Ihr Namensgedächtnis funktionierte auch in alpinen Höhen, ohnehin eine ihrer Stärken. Im Museum setzte man sie ein, wenn es galt, Bibliografien zu prüfen oder vor Einladungen die VIP-Listen gegenzulesen. Ohne sich anzustrengen, prägte sie sich Buchtitel ein, wusste sich genau zu erinnern, wann ein Katalog erschienen war und wo es die letzte Félix-Vallotton-Ausstellung gegeben hatte. Das verschaffte einem Pluspunkte, da die meisten ihrer Kollegen, von den Kuratoren oder vom Direktor ganz abgesehen, es mit ihrer künstlerischen und wissenschaftlichen Distinktion für unvereinbar hielten, sich mit derartigem Kleinkram abzugeben. Da soll unsere Frau Hauffe noch einmal draufschauen. Wie Sophie diesen Satz hasste, dieses Abgespeistwerden mit Brosamen. Mühelos hätte sie ihrem Chef falsche Katalogtitel und Herausgebernamen unterjubeln können. Nur bei seinen eigenen Publikationen, allzu viele waren es nicht, fühlte er sich sattelfest. Die und ihre markanten wissenschaftlichen Verdienste hätte er im Schlaf aufzählen können.

Magda. Sie war sich so sicher, dass sie eigens in das Musikzimmer, das abends ebenfalls mit Esstischen bestückt war, zurückkehrte, um mit Magda ein paar Worte zu wechseln. Wie schön, Sie wiederzusehen, Magda. Sie wiederholte den Namen häufiger, als es notwendig gewesen wäre. Sie werden sich nicht an mich erinnern, oder? Sechs Jahre ist es her, seitdem ich hier war. Magda beugte sich vor, legte die hölzernen Serviettenringe ab und lachte auf. Doch natürlich erkenne ich Sie wieder, gnädige Frau, setzte sie an, mit einem Akzent, den Sophie nicht zuordnen konnte. Kroatisch, Ungarisch vielleicht. Mit einer Freundin waren Sie bei uns, und Sie mussten einen Tag früher abreisen. Lagrein Dunkel haben wir auch wieder als offenen Wein, den haben Sie damals oft getrunken, ich meine, manchmal, abends.

Sophie starrte auf Magdas Mund. Wie schaffte die es, sich an all das zu erinnern. Ja, sie war damals – sie hatte es völlig vergessen – einen Tag früher abgefahren, weil Markus an einer Tagung in Birmingham hatte teilnehmen müssen und sie ihren Sohn nicht allein in der Wohnung lassen wollte. Wie sie sich über Markus' Egoismus geärgert hatte, wie selbstverständlich er annahm, sie würde alles über den Haufen werfen, um ihm seinen wichtigen Auftritt zu ermöglichen ... in Birmingham! Und sie hatte eingewilligt und Zweikapellen vor der Zeit verlassen. Fast wurde sie unwillig, dass Magda sie an diese Schmach, eine von vielen, erinnerte, doch sie beherrschte sich und tätschelte Magdas Schulter. Diesmal bleibe ich, Magda, bis zum Schluss, und Lagrein trinke ich noch immer.

Die beiden Frauen strahlten sich an. Während Magda wie immer in Eile war, um alle Tische rechtzeitig einzudecken, fühlte sich Sophie erleichtert, das erste Hindernis genommen zu haben. Sie sah sich noch einmal um. Die blau-rot karierten Decken, die Messerbänkchen, die Stoffservietten, die Blumensträußchen – alles hatte seinen Platz. Sophie verkniff es sich, nach ihrem Namensschildchen auszuschauen. Früh genug würde sie erfahren, was sich die Grubers für sie ausgedacht hatten. Tische nur mit alleinstehenden Damen gab es nicht. Besser so.

Sophie merkte, wie sie sich selbst immer seltener als verheiratete Frau sah. Den Ehering hatte sie an ihrem Geburtstag im April abgelegt und im Badezimmerschränkchen verstaut. Einen Moment lang hatte sie überlegt, ihn demonstrativ in den Hausmüll zu werfen. Doch wen hätte sie damit beeindruckt? Dass sie den Ring jemals wieder an den Finger stecken würde, kam ihr abwegig vor. Sie bevorzugte klare Schlussstriche, obwohl sie ahnte, dass Markus irgendwann zu Kreuze kriechen würde. Männer neigten dazu, ihre emotionalen Nehmerqualitäten zu überschätzen. Sie hatten gute Jahre miteinander gehabt, und Markus war es mit seinem kindischen Verhalten nicht gelungen, diese Erinnerungen auszulöschen. Vielleicht durfte sie sogar von Glück reden, dass er sich nicht zehn Jahre später davongemacht hatte. Und sie als schwer vermittelbare angehende Pensionistin zurückließ, als eine von den Frauen, die in Magazinen fürs solvente Publikum Bekanntschaftsanzeigen aufgaben. Jung gebliebene Sechzigerin, attraktiv, humorvoll, naturliebend, sucht gleichgesinnten Mann ihres Alters, Nichtraucher …

Sophie schüttelte sich, strich mit den Fingerspitzen über einen der Eichentische, erleichtert darüber, mit sich selbst passabel zurechtzukommen. Und noch besser, redete sie sich ein, werde ich mich nach meinem ersten Aperitif fühlen. Sie machte auf dem Absatz kehrt. Veranda, ich komme!

5

Nehmen Sie nie einen der vorderen Tische! Sich da hinzusetzen, das passiert nur Anfängern. Oder wollen Sie jedem, der die Terrasse betritt, einen guten Morgen oder einen guten Abend wünschen? Nicht auszuhalten diese ewige Grüßerei!

Sophie hatte die Warnung des liebenswürdigen Rentners – war er nicht Bibliothekar gewesen? – im Ohr, der sie beim ersten Zweikapellen-Aufenthalt mit wertvollen Verhaltenstipps versorgt hatte. Zielstrebig hatte sie seitdem die hinteren Tische angesteuert und sich vom stetigen Kommen und Gehen am Aufgang der überdachten Terrasse abgesondert. Heute jedoch blieb ihr nichts anderes übrig, als sich im Aufgangsbereich einen Platz zu suchen. Alle Tische waren besetzt, ein gutes Dutzend mochten es sein, eine Reihe an der Hauswand, eine an der Brüstung.

Sophie blieb stehen, schaute nach links und nach rechts, wollte kein Aufsehen erregen, was unmöglich war, da alle, die sich bereits niedergelassen hatten, genussvoll jeden Neuankömmling mit unverhohlenen Blicken taxierten. Alte Gesichter, neue Gesichter? Zweikapellen-Novizen oder Stammgäste, die Lässigkeit zur Schau stellten und auf die Ersteren mit milder Nachsicht reagierten? Sophie nickte, als wollte sie die Sitzenden huldvoll grüßen, und drängte sich zu einem Tisch, an dem ein paar Notizbücher und eine Fotoausrüstung ausgebreitet waren. Ja, natürlich sei ein Stuhl frei, beschied ihr das dazugehörige Paar. Sophie zog dankbar einen der wackligen Holzstühlchen zu sich heran und ließ sich erleichtert nieder. Das erste Etappenziel war erreicht. Jetzt gehörte sie dazu, jetzt hatte sie sich eingereiht und konnte sofort selbst damit beginnen, die nahenden Hausgäste – alle Wanderer hatten längst den Heimweg angetreten – zu beäugen. Und als sich Magda näherte und nach ihren Wünschen fragte, bestellte sie im Überschwang einen Veneziano, obwohl sie das süßlich bittere Getränk, das auf der Terrasse sicher einen Marktanteil von siebzig Prozent besaß, nicht mochte. In Mineralwasser und Sekt aufgelöste Bonbons, mit einer Orangenscheibe garniert … selbst in Berlin hatte sich diese Brause, die dort Aperol Spritz hieß, durchgesetzt, und es schien nicht so, als sei der Höhepunkt dieser Welle bereits überschritten.

Der Mann neben ihr hantierte am Verschluss seines Fotoapparats, während die offensichtlich zu ihm gehörende Frau den Holzplafond mit seinen mächtigen Querbalken anstarrte, dabei an einem Bleistift kaute und konzentriert darüber nachzusinnen schien, was sie ihrer in der Mitte aufgeschlagenen Kladde als Nächstes anvertrauen wollte. In ihr schwarzes Lockenhaar mischten sich feine graue Strähnen. Wie alt mochte sie sein? Wie immer wenn Sophie andere Frauen taxierte, schätzte sie deren Alter höher als ihr eigenes ein. Sie wusste um die Selbsttäuschung, spätestens abends, wenn sie sich abschminkte, doch sobald sie Frauen in ihrer Umgebung betrachtete, war sie sich sicher, innerlich stehen geblieben zu sein, auf der Mitte-zwanzig-Stufe ungefähr, damals als sie nach dem Studium ihre erste Stelle, als Mädchen für alles in einem Kölner Auktionshaus, angetreten hatte. Jetzt musst du auf eigenen Füßen stehen, hatte ihr Vater angemerkt, mit einem Lächeln, das Befriedigung verriet. Fürs Verheiratetwerden und Kinderkriegen taugst du nicht.

Wie einsam sie sich in der Stadt gefühlt hatte, mit einem Schlag war ihr Münchner Studentenleben Vergangenheit gewesen. Markus war in München geblieben, um seine Doktorarbeit abzuschließen. Sie sahen sich alle zwei, drei Wochen, eine Pendlerexistenz, mit der Sophie schlecht zurechtkam. Sonntags flüchtete sie in eines der belebten Cafés, um Menschen um sich zu haben, fremde Menschen, die Nusstorte in sich hineinschaufelten und glücklich wirkten. Im Café Jansen zum Beispiel, in einer Gasse parallel zur Hohen Straße gelegen, wo sie in ihren zwei Kölner Jahren fast jedes zweite Wochenende hinkam, sich in den manegeartigen Rundbau zurückzog, über die altmodischen Wandbespannungen schmunzelte, sich zwei Käsebrötchenhälften, garniert mit Salatgurken- und Tomatenscheiben, bestellte und bei einem Kännchen Kaffee nicht darüber nachdachte, dass sie zu jung für solche Ruhestandsvergnügungen war.

Erst Mitte zwanzig, dann beinahe Ende zwanzig, dann geheiratet und gleichzeitig Mutter geworden, nach Berlin gezogen und zum Glück wieder eine akzeptable Stelle gefunden, in diesem überschaubaren Museum, das sich auf deutsche Impressionisten spezialisiert hatte. Ja, natürlich war sie älter geworden, doch hatte sie sich damals in Köln jünger gefühlt, war sie lebhafter, unternehmenslustiger als heute gewesen? Sophie schüttelte den Kopf so heftig, dass die Frau mit den Locken aufschreckte und aufhörte, ihr Bleistiftende zu bearbeiten.

Ach, entschuldigen Sie, ich war ganz in Gedanken. Darf ich mich vorstellen? Sophie Hauffe aus Berlin, heute angekommen und darüber sehr froh.

Die Frau mit den Locken schlug ihr Notizbuch zu und blickte Sophie mit leicht flackernden Augen an, ließ deren Worte einen Moment lang nachhallen. Pia Kremm, ich bin Pia Kremm. Mein Lebensgefährte Robert – sie stieß den Mann neben sich mit dem Ellbogen – und ich, wir kommen aus Frankfurt und verbringen wann immer es geht ein paar Wochen bei Familie Gruber. Nirgendwo komme ich besser zur Ruhe, die Bergatmosphäre inspiriert mich ungemein, ich bin Sängerin und Texterin, Sie verstehen, und Robert findet hier oben Motive, die einmalig sind. Nicht wahr, mein Bester? Du genießt diese Auszeit auch, oder?

Sophie murmelte Unverständliches, das Bestätigung signalisieren sollte, wohingegen der beste Robert sich keine Mühe gab, seinen Unmut über die Störung zu verbergen. Ja, sehr angenehm. Um diese Motive auszunutzen, müsste dieser idiotische Apparat aber funktionieren. Er hatte kaum aufgesehen, sich mit der linken Hand über den glatt rasierten Schädel gestrichen und einen Schalter an seinem Fotoapparat hin- und hergeschoben. Sophie, die nicht vorhatte, ihre beruflichen und privaten Lebensumstände umgehend preiszugeben, hob ihr Glas und prostete den beiden zu. Pia Kremm, Pia Kremm … musste ihr der Name etwas sagen? Liedermacherin, das war eine Zeitlang in Mode gewesen.

Auf schöne Ferien mit hervorragenden Motiven und Texten natürlich. Pia und Robert erwiderten die Wünsche, leerten ihren Veneziano mit zwei Schlucken und sahen das Gespräch fürs Erste als beendet an.

Sophie nahm das nicht übel, im Gegenteil. Seit einiger Zeit hatte sie sich abgewöhnt, das Herz auf der Zunge zu tragen. Wie leicht es gewesen war, im Studium Freundschaften zu schließen. Man hatte in der Mensa einen Kaffee zusammen getrunken, über Dozenten gelästert und sich fürs Kino verabredet. Ihre liebsten Freundinnen stammten aus dieser Zeit, und enge Verbindungen waren seitdem kaum dazugekommen. Warum nur war es schwieriger geworden, sich anderen zuzuwenden? Weil man misstrauischer war, weil man Enttäuschungen fürchtete? Oder weniger Zeit fand, aus dem Berufsalltag auszuscheren, selbst abends in Gedanken im Büro saß?

Inzwischen hatte sich die Terrasse komplett gefüllt. Magda und ihre Kollegin, ein junges, schüchternes Mädchen, kamen kaum mit den Bestellungen hinterher, sodass der junge Gruber aushalf und kleine Porzellanschälchen mit Kartoffelchips auf den Tischen verteilte. Nur ausnahmsweise, rief er in die Runde, weil heute Sonntag ist und das Wetter die nächsten Tage schön bleibt. Zustimmungserwiderungen, ein Mann applaudierte, als unterhalte Zweikapellen einen direkten Draht zu Petrus und seinen Mitarbeitern.

Chips, welch grässliche Versuchung, seufzte Sophie stumm und griff sofort zu. Wenigstens nur die leicht gesalzene Sorte und nicht jene verführerische Geschmacksrichtung mit Chili und Sour Cream, eine Mischung, bei der sie jegliche Hemmung verlor und unbeherrscht zulangte. Nie kaufte sie zu Hause Chips, das wäre ihr und ihrer Figur nicht bekommen.

Das Wetter bleibt schön. Eine bedeutsame Botschaft,

denn übers Wetter redeten sich alle die Köpfe heiß und betonten im gleichen Atemzug, vom Wetter ganz unabhängig zu sein. Wandern könne man bei Regen wie bei Sonnenschein, und im Grunde sei es viel schöner, den Aufstieg bei Hagel und drohendem Gewitter zu schaffen. Das erhöhe den Abenteuercharakter. Sophie fing damit nichts an. Sie zählte zu den schlichten Gemütern, die es in den Ferien gern sonnig oder wenigstens trocken hatten. Dauerregen in Zweikapellen, das kannte sie, und darauf verzichtete sie leichten Herzens.

Sie sah zum Himmel, verfolgte ein Wolkengetüm, das binnen weniger Sekunden neue Formen annahm, sich teilte, auflöste und hinter dem Haus verschwand. Pia notierte gerade einen Gedanken oder was auch immer in ihr Heft, da drang durch die Gaststube kräftiges Glockenläuten. Endlich gab es etwas zu essen, das wattige Tankstellenbrötchen mit dem geschmacksarmen Gouda auf undefinierbarer Remoulade lag Stunden zurück. Sophie reckte sich und ließ sich sofort wieder zurückfallen. Nein, auf keinen Fall wollte sie zu den Ersten gehören. Was für einen Eindruck würde das machen. Die Mahlzeiten in Zweikapellen stellten den Höhepunkt des Tages dar, doch anmerken ließ sich das keiner. Gelangweilt wie die anderen würde sie in die Stube treten und noch gelangweilter nach ihrem Platz suchen. Irgendwann würde sie wie Pia Kremm Perfektion an den Tag legen. Die schrieb sich die Finger wund und tat so, als habe sie den Essensappell überhört. Ein bisschen übertrieben vielleicht, aber es machte sich gut.

6

Im Haus herrschte Ruhe. Die meisten hatten nach den Feiertagen Berlin den Rücken gekehrt und sich zum Skifahren aufgemacht. Auch die Nachbarin war mit ihren wechselnden Liebhabern ausgeflogen. Oder ohne. Sophie setzte Teewasser auf. Wie oft am Tag sie diesen Altbaugang entlanglief. Anderswo hätten sie sich eine derart große, schöne Wohnung nie leisten können. Markus' Arbeitszimmer hatte sie, nachdem er in einer Nacht-und-Nebel-Aktion seine Bücher und Ordner abgeholt hatte, zu ihrem Ankleidezimmer gemacht. Ankleidezimmer, das klang gut, fehlte nur eine Gouvernante oder ein Butler. Sie nahm sich vor, in den nächsten Tagen ihren Schreibtisch auszumisten, Überzähliges in den Müll zu geben. Erstaunlich, wie selten sie an Markus dachte, wie wenig Spuren er in ihrem Leben hinterlassen hatte. Seit einem Jahr war er fort, und ihr kam es vor, als würde kaum etwas an ihn erinnern. Sie war dafür, reinen Tisch zu machen, und den hatte sie gemacht, aufs Gründlichste. Konnte man jahrelang mit einem Mann zusammen sein, ohne ihn zu kennen?

Sophie goss Wasser auf, sah abwechselnd dem Rooibostee beim Ziehen zu und zum Häuserblock hinüber in der Zähringerstraße. Der Versicherungsvertreter ließ seine Agentur auch zwischen den Jahren geöffnet; wahrscheinlich musste er, um seine Jahresbilanz zu retten, noch Abschlüsse tätigen. Sophie strich mit den Fingern über das weiß lackierte Fenstersims. Topfpflanzen sähen da gut aus, doch nach einiger Zeit würde sie schmählicherweise nicht mehr daran denken, den Dieffenbachien oder Begonien Wasser zu geben, und allgemeines Elend würde sich in der Küche ausbreiten. Das brauchte sie nicht.

Das Telefon klingelte, ein scheppernder Ton, viel zu laut, doch unumgänglich in ihrer weitläufigen Wohnung. Sophie überlegte kurz, das Teenetz aus der Kanne zu nehmen, entschloss sich anders und rannte in ihr Wohnzimmer, wo der Apparat lag, vermutlich.

Ja, Hauffe hier. Sie gehörte zu den altmodischen Menschen, die sich mit Namen meldeten und es nicht bei einem zögerlichen »Hallo« oder »Ja, bitte?« beließen, das dem Gesprächspartner das Gefühl vermittelte, zu stören. Es rauschte und kratzte auf der anderen Seite. Mama, bist du es? Sophie machte einen Satz in die Höhe. Felix? Ja, ich höre dich, ja, aber sehr schlecht. Sie trippelte hin und her, froh darüber, endlich ihren Sohn in der Leitung zu haben. Wie üblich bestürmte sie ihn mit Fragen. Wie es ihm über die Feiertage ergangen sei. Ob er mit anderen zusammen gewesen sei. Ob er sich einsam fühle, gerade über Weihnachten. Sophie gönnte ihrem Sohn alles und hatte ihn sogar darin bestärkt, nach dem Abitur für ein Jahr nach Amerika zu gehen. Aber dieses San Francisco war viel zu weit weg und das Hin- und Hergefliege zu teuer. Zu Ostern wollte er vielleicht für zwei Wochen kommen, wenn seine lieben Erzeuger bis dahin nicht Insolvenz angemeldet hätten. Sophie setzte sich auf das rote Ledersofa, die erste Anschaffung nach Markus' Auszug, und versuchte, ihren Redefluss einzudämmen.

Ja, nun erzähl schon. Ich war Weihnachten in Leipzig und

bin jetzt froh, meine Ruhe zu haben … Was soll das heißen, du hast nichts zu erzählen! Ich in deinem Alter wäre überglücklich gewesen, in die USA zu reisen, für so lange Zeit. Ja, ja, Felix, ich weiß, wie das klingt, keine Sorge, ich bin keine vertrocknete Schreckschraube geworden. Und vielleicht wird demnächst sowieso alles anders … Sie zuckte zusammen, kaum dass sie den Satz ausgesprochen hatte. Zum Glück knackte es wieder in der Leitung. Felix schien ihre letzten Worte nicht beachtet zu haben. *Warum ist denn die Verbindung so mies, Junge? Stehst du mit deinem Handy auf der Golden Gate Bridge? Was, du musst schon wieder auflegen? Was hast du denn so Dringendes zu tun? Ja, ist schon gut. Nein, ich weiß nicht, wie du deinen Vater erreichen kannst. Vermutlich forscht er oder sucht einen Lehrstuhl. Nein, Junge, ich klinge nicht verbittert, im Gegenteil. Wie? Ich sagte, dass ich nicht verbittert klinge! Wie schlecht du zu verstehen bist! Schreib mir Mails, Felix …* Sie wollte ein »bitte« hinzufügen, verschluckte es rechtzeitig. *Schön, dass du dich gemeldet hast. Ich wollte gerade Tee trinken …* Von Felix war nichts mehr zu hören, außer einem nervenden Freizeichen. Sophie betrachtete das Telefon mit einer gewissen Verblüffung, wissend, dass es nichts dafür konnte. Sie ließ sich auf das Sofa fallen, wollte nach der Kanne mit Tee greifen, der in der Küche auf sie wartete und vor sich hin zog.

Vielleicht wird demnächst sowieso alles anders … was hatte sie da gesagt und warum. Zu sich selbst hätte sie diesen Satz nie gesagt, zu niemandem. Vermutlich ging das nur in einem Telefonat mit Leitungsproblemen. Sie hörte sich ungleichmäßig atmen, verlangsamte ihre Atemzüge, sog tief Luft ein. Irgendwo hatte sie gelesen, dass man so zur Ruhe käme, bei innerer Erregung. Wenn dem so wäre, müsste sie zurzeit permanent Atemübungen machen. Seit der Rückkehr aus dem Urlaub fühlte sie sich in einer Schieflage. Mal fing sie die Tage energiegeladen an und sprang in die U-Bahn, als brächten die kommenden Stunden ungeheuer schöne Erfahrungen. Mal schaffte sie es kaum, aus dem Bett zu kommen und sich ins Museum zu schleppen. Unentwegt diese impressionistischen Bilder, diese anmutigen Gartenwirtschafts- und Flussuferszenen mit gut gekleideten, vermögenden Bürgern.

Es klingelte, diesmal an der Haustür. Sophie starrte weiterhin das Telefon an, als helfe das weiter. Sie lugte durch den Spion und fürchtete wie immer, dass der Besucher sie sähe. Ein Paketbote. Sie hakte das Türkettchen aus. Frau Hauffe, sind Sie das? Frau Sophie Hauffe? Bitte unterschreiben Sie da. Der Bote, der sie keines Blickes würdigte, hielt ihr ein Display entgegen, auf dem sie sich mit ihrem unleserlichen Autogramm verewigen sollte. Dass das Bestand hatte, so eine elektronische Kritzelei. Sie schob die Tür zu, sah erst jetzt, von wem das handliche Päckchen war. Von ihm. Stefano Erlacher, Villanders – es gab keinen Zweifel. Seit Wochen hatte sie nichts von ihm gehört, seit den Anrufen Ende Oktober, als er eine Entscheidung von ihr verlangt, nein, darum gebeten hatte, mit einem Zittern in der Stimme, wie sie es von ihm nicht kannte. Sie riss das Päckchen auf, ein Fingernagel splitterte. Ein weißes Blatt Papier lag obenauf, versehen mit nur einem Satz, in seiner ausladenden Handschrift: »Der Berg ruft, noch immer. Proviant für die Besteigung anbei«. Darunter Styroporerbsen, die auf den Boden rieselten, eine Südtiroler Speckseite, zwei Paar Kaminwurzen, Schüttelbrot und ein Stück Bergkäse.

Sophie rutschte an der Wand zu Boden. Ein Windzug blies die Wohnungstür wieder auf. Sie verschränkte den Kopf über ihren Knien, die Kaminwurzen und der Käse rutschten aus dem Päckchen, und Sophie begann zu weinen. Erst kaum *hörbar, dann heftiger. Ihr Oberkörper bebte, sie verlor die Beherrschung, ohne sich um die sich entfernenden Schritte im Treppenhaus zu kümmern. Sie wollte weinen und von niemandem beim Weinen gestört werden. Ortler Schnittkäse, vierhundert Gramm, haltbar bis Ende März. Ortler Schnittkäse, ihre Lieblingssorte. Ein Highlight des Zweikapellen-Frühstücksbüfetts. Auch das noch.*

7

Umgebracht habe sie sich, mit einem Dolch. Um seiner dichterischen Schaffenskraft auf die Sprünge zu helfen, man stelle sich das vor. Der kleine Mann mit dem Spitzbart beugte sich zu Sophie herüber, als müsse er die Stimme erheben, um sich verständlich zu machen. Ja, das haben Sie erwähnt. Hat es denn etwas genützt? Ihr Gegenüber – Kohler oder Köhler, hieß er, wenn sie seinen Namen, den er ihr bei der Schlutzkrapfenvorspeise entgegengenuschelt hatte, richtig in Erinnerung behalten hatte – zuckte zusammen und winkte mit beiden Händen ab. Davon könne keine Rede sein, es sei eine ganz sinnlose Tat gewesen, aber eine aufsehenerregende seinerzeit, die die jungdeutsche Literaturszene in Aufruhr versetzt habe.

Sophie nickte ihm zu, machte – darin besaß sie Übung – ein Gesicht, das Aufmerksamkeit andeutete, obwohl sie eine Stunde später nicht in der Lage gewesen wäre, den Gedankengang ihres Gesprächspartners nachzuzeichnen. Privatgelehrter sei er, in Göttingen, seine verstorbene Frau habe einiges an Vermögen hinterlassen, was es ihm ermögliche, eine sorglose Existenz als Autor zu führen. Obwohl sich kaum einer mehr für die Geistesgeschichte des frühen 19. Jahrhunderts interessiere. Vor allem wenn es nicht um Goethe, Kleist oder Hölderlin gehe. Und das unglückselige Ehepaar Stieglitz locke keinen Hund hinterm Ofen hervor. Es werde nicht leicht werden, einen Verlag für eine Biografie der Charlotte Stieglitz zu finden. Sophie hatte Kohler oder Köhler beim Essen ein aufmunterndes Lächeln geschenkt, als er nach wenigen vorbereitenden Sätzen auf sein Leib-und-Magen-Thema zu sprechen kam und sich nicht darum kümmerte, dass die Tischgesellschaft lieber über die unvergleichliche Schönheit von Zweikapellen und die nicht minder unvergleichlichen Schlutzkrapfen gesprochen hätte. Erst nach und nach hatte sich Köhler oder Kohler beruhigt, genau genommen erst, als er sich über die Zwerghuhnkeule mit Limonenrisotto hermachte und seiner Zufriedenheit mit einem leisen, aber hörbaren Aufstoßen Ausdruck verlieh.

Einem Sechsertisch hatten die Grubers Sophie zugewiesen, und nach dem ersten gemeinsamen Abendessen schien es ihr, als hätte sie es schlechter erwischen können. Zu einem Hotel wie diesem gehörte ein kauziger Akademiker, der sich mit sonderbaren Themen befasste und zudem einen Bart trug, mit dem er sofort für eine Nebenrolle in der »Feuerzangenbowle« gecastet worden wäre. Mühelos malte sie sich aus, was sie in den nächsten Wochen über dieses Ehepaar Stieglitz – der Name war ihr völlig fremd – an Details erfahren würde. Zum reichen Witwer und zur verlassenen Museumsfrau gesellte sich ein Lehrerehepaar aus dem Fränkischen, irgendwo aus der Bamberger Ecke, wie Tante Anneliese, und der Inhaber eines Hamburger Haushaltswarengeschäfts nebst Gattin. Schon bei der Kürbiscremesuppe – ohne zwei Vorspeisen, nach dem Salatbüfett wohlgemerkt, verging kein Abend in Zweikapellen – hatten sich die beiden Ehepaare über die

Koordinaten ihrer bürgerlichen Existenz und über die Anzahl der Kinder verständigt. Ende fünfzig mochten sie sein, und Sophie freute sich darüber, den Altersdurchschnitt der Gesellschaft zu senken. Dass ihr das noch gelang, gelegentlich. An den anderen Tischen breiteten sich Familien mit Kleinkindern aus, wobei sich Sophie nicht in allen Fällen sicher war, ob es sich um die Eltern oder Großeltern handelte. So war das eben in manchen Kreisen.

Petersen, Torben Petersen, heiße er, hatte ihr Nachbar zur Rechten ausgerufen, kaum dass Sophie ihr Namensschildchen entdeckt hatte. Vorbildlich hatte er Sophie den Stuhl zurechtgerückt und seine Frau, eine füllige Brünette, darüber nicht vergessen. *Ob Pfanne, Besen, Suppenteller, bei Petersen findest du das Gute schneller!* Das sei der Slogan seines Großvaters gewesen, ein wenig holprig, gewiss, und er führe, zusammen mit seiner Gattin natürlich, das Geschäft nun in dritter Generation, in bester Hamburger Lage, wo es noch nicht Usus sei, Kaffeemaschinen oder Haushaltsschwämme im Internet zu ordern. Eine Schande sei das, aber er und seine Frau könnten nicht klagen, noch nicht. Sophie hatte sich vornübergebeugt und Petersen zugeraunt, dass sie neulich Zahnbürsten im Netz bestellt habe, ein ganzes Set, weil ihr Drogeriemarkt um die Ecke nur potthässliche, grellbunte Oral-B- oder Dr.-Best-Teile im Sortiment habe. Oral B – wie das schon klinge, oder? Petersen hatte sie ungläubig angesehen, mit Verzögerung aufgelacht und betont, dass sie gar keine Zahnbürsten führten, auch nicht von Oral. Seine Frau warf derweil einen kritischen Blick auf das Essgeschirr. Solide Teile mit ländlichem Charme, merkte sie an, vor allem die Suppenlöffel, da lassen sich die Grubers nicht lumpen, und zum

Glück keine Designerstücke, mit denen man nicht mal eine Kartoffel anständig zum Mund führen kann!

Petersens und Köhler oder Kohler waren schon vor einer Woche eingetroffen, während Haselbergers, die Lehrer, ebenfalls ihren ersten Abend begingen. Wir sind schon zum zwölften Mal auf dem Berg, beteuerten sie nach der zweiten Salatgabel, wie es überhaupt zu den Gepflogenheiten in Zweikapellen gehörte, auf seine unerschütterliche Treue zum Haus zu pochen. Eingefleischte Hausgäste überboten sich gern beim Wetteifern darum, wer die längsten Rechte auf ein Zweikapellen-Bett besitze. Sätze, die mit professioneller Miene andeuteten, dass man ja bereits die alte oder die uralte Frau Gruber gekannt habe, wiesen jene Novizen in ihre Schranken, die sich etwas darauf einbildeten, das vierte oder fünfte Mal nach Barbian zu kommen. Ja, wenn Sie wüssten, wie es früher ausgesehen hat, als sich die Gäste noch zwei Gemeinschaftstoiletten im ersten Stock teilten und man gemeinsam mit der Großfamilie Gruber die Brotzeit gegessen habe. Im Tischtennisraum standen Holzwannen, wo man nach Anmeldung ein Latschenkiefernölbad nahm. Unvorstellbar!

Je länger die Haselbergers – Deutsch und Geschichte, beide – aus der Hotelhistorie und die Petersens von ihrer Tagestour zum Rittner Horn erzählten, desto inniger versank Sophie im halblauten, gelegentlich aufbrandenden Gesprächspegel. An allen Tischen wurde mit Genuss gespeist; widerborstige Kinder gab es kaum, alle schienen sich in den Rhythmus des Abends einzufügen. Magda und ihre Kollegen – ein gut aussehender Kellner, Richard, Mitte dreißig, und ein scheues Mädchen, Maria, höchstens zwanzig – flitzten zwischen den Tischen hin und her. Eingeübte Abläufe, die dafür sorgten, dass das Vier-Gänge-

Menü erstaunlich zügig serviert wurde. Die Lautstärke im großen Saal stieg mit dem Weinkonsum an, und die Ersten brachen vor dem Dessert auf, um auf der Terrasse ein Plätzchen und einen Aschenbecher zu ergattern.

Viertel nach zehn war es jetzt, fünf Tische draußen waren besetzt. Sophie, die einen Pullover übergezogen hatte, und Köhler oder Kohler saßen mit dem Rücken zur Saalwand, wo die Lichtverhältnisse es leichter machten, ein Buch zu lesen. Sophie verspürte noch keine Lust, sich an jenen Strand zu begeben, wo der Roman spielte, den sie sich für die ersten Zweikapellen-Tage zurechtgelegt hatte. Gelesen wurde hier viel, einen Fernseher gab es nicht, eine Wohltat, wie selbst die zugaben, die zu Hause regelmäßig vor dem Apparat hockten.

Magda hatte Sophie unaufgefordert ein Glas Lagrein gebracht; Kohler oder Köhler beugte sich über einen Marillenschnaps und schien für den heutigen Tag alles Nötige über sein Forscherleben und das Schicksal der Eheleute Stieglitz gesagt zu haben. Am hinteren Ende der Terrasse spielte eine Familie Karten, und die Kinder juchzten auf, wenn es ihnen gelang, den Eltern ein Schnippchen zu schlagen. In einer Stunde, vermutete Sophie, würde keiner mehr auf der Terrasse sitzen. Die Bergluft, die ungewohnte körperliche Anstrengung und die kräftigen Mahlzeiten führten bei den meisten zu einer frühzeitigen Bettschwere. Selbst zu erotischen Aktivitäten schwang sich kaum einer auf, mutmaßte Sophie. Zumindest brachte sie Zweikapellen damit nicht in Verbindung, und Orgasmusjubel, wie sie ihn von ihrer Berliner Wohnungsnachbarin gewohnt war, hätte die Hotelatmosphäre aus dem Gleichgewicht gebracht. Schade eigentlich, fand Sophie und merkte, wir ihre sexuelle Unlust, die sich nach

Markus' Abgang schlagartig eingestellt hatte, allmählich verflog.

Je leerer es um sie herum wurde, desto wohler fühlte sich Sophie. Köhler oder Kohler hatte sich verausgabt und zu tief ins Marillenglas geschaut. Er nickte im Sitzen ein und röchelte so stark, dass Sophie sich nicht vorstellen wollte, neben diesem Mann eine Nacht zu verbringen. Allein schon der Geräusche wegen. Magda begann, die verlassenen Tische abzuräumen und schenkte Sophie ein müdes Lächeln. Morgen zum Frühstück würde Magda wieder auf den Beinen sein und anstandslos alle Sonderwünsche erfüllen.

Sophie stand auf, kurz vor elf, eine Uhrzeit, zu der sie zu Hause nie zu Bett ging. Sie überlegte, ob sie Köhler oder Kohler einen dezenten Schubs geben sollte. Seine zufriedene Versunkenheit hielt sie davon ab. Sie schlich sich davon, doch als sie den Gastraum, der zum Treppenhaus führte, betreten wollte, hörte sie Stimmen, wütende Stimmen. Zwei Männer standen gestikulierend vor dem Kastanienbaum, einem der Wahrzeichen von Zweikapellen, und lieferten sich ein Wortgefecht. Im Dunkeln erkannte Sophie nur Umrisse, erregte Gesten, eine Stimme gehörte zweifelsohne dem jungen Gruber, die andere Stimme klang schneidend, verhieß Widerspruch. Sophie meinte einen schwarzen Haarschopf zu erkennen und eine Lederhose.

Ein Streit an ihrem ersten Abend. Wie unpassend. Zweikapellen war kein Ort für offen ausgetragene Zwistigkeiten; selbst langgediente Ehepaare fielen selten aus der Rolle. Immer ungehaltener schien der junge Gruber zu werden, er zischte seinem Gegenüber etwas zu. Sophie verstand Bruchstücke, die keinen Sinn ergaben. Dann trat der Schwarzhaarige ein paar Schritte zurück, stieß einen Fluch aus und entfernte sich vom Hof, mitten in die Nacht hinein. Sophie beschloss, ihren Lauschposten zu verlassen, ehe Gruber ins Haus zurückkehren und sie entdecken würde. Sie wollte nicht wissen, was zwischen den Männern vorgefallen war. Oder doch? Eilig entfernte sich Sophie, wünschte Magda eine gute Nacht, als sie am Kücheneingang vorbeikam, und begann, sich auf die erste Bergnacht zu freuen. Vielleicht sah sie oben, von ihrem Balkon aus, wohin Grubers Widersacher aufgebrochen war.

8

Sophie schnürte ihre Wanderschuhe, entschied sich für die leichte Regenjacke. Es versprach ein sonniger Tag zu werden – 22 Grad, verhieß die Wettervorhersage, eine von Frau Gruber handschriftlich verfasste Notiz vom Vorabend, die mindestens so viel Beachtung wie die Menü-Ankündigung fand. Sonne hin, Sonne her – Regenwolken konnten in dieser Gegend binnen kurzer Zeit heraufziehen. Fürs Erste reichte es, wenn sie sich die Jacke um die Hüften band. Sie war schon vor acht zum Frühstück gegangen, nach einer Nacht, die alles andere als wohltuend gewesen war. Mal meinte sie, das Rauschen der Autobahn zu hören; mal fühlte sie Kälte an den Beinen aufsteigen, obwohl die dicken Daunen solche Empfindungen hätten ausschließen müssen. Morgens gegen halb sechs war sie noch einmal eingenickt und in jene Halbschlafträume verfallen, die ihr seit jeher zuwider waren. Das Geträumte speiste sich aus sehr konkreten Erlebnissen und nötigte sie einzugreifen. Zwei Männer wälzten sich wortlos auf einer abschüssigen Wiese, und als sie näher kam, erkannte sie Direktor Kandel, ihren ungeliebten Chef, der um Hilfe rief oder besser: um Hilfe rufen wollte, aber nicht mehr als ein verzweifeltes Augenverdrehen zuwege brachte. Die träumende Sophie reagierte nicht, wandte den Kopf zur Seite, um Kandels Blick auszuweichen, doch die Kämpfenden wälzten sich näher und näher an sie heran, und erst als sie über Sophie hinwegzurollen drohten, schrie sie auf und erwachte mit einem Ächzen.

So hatte sie sich ihre erste Zweikapellen-Nacht nicht vorgestellt. Gewiss, auch in Berlin hatte sie die Wochen zuvor miserabel geschlafen, von Pressemappen geträumt, von einem Katalogtext, den sie noch nicht abgegeben hatte, von diesem immer stärker werdenden Gefühl, voller Unlust zur Arbeit zu gehen, und von dem Wunsch, die Kollegen zu meiden. In Zweikapellen wollte sie das loswerden, aber vielleicht sollte man von der ersten Nacht keine Wunderdinge erwarten.

Mit den ersten Sonnenstrahlen war sie aufgestanden, im Nachthemd auf den Balkon getreten, darauf bedacht, sich keinen Holzspreißel in die nackten Füße zu treten. Wolkenschwaden umhüllten das Haus, gaben minutenlang keinen Blick auf die gegenüberliegenden Hänge frei. Erst als sich der dunstige, zaghaft blaue Himmel durchsetzte, ließ sich erahnen, dass es ein prachtvoller Tag werden würde – wie geschaffen dafür, das Wanderprogramm mit dem klassischen Weg zum Sonnenhäusl zu beginnen. Zwei- bis dreimal pro Woche sollte man diese Route wählen, wissend, dass ernsthafte Marschierer über einen solchen Ausflug nur lächelten. Die gut zweihundert Meter Höhenunterschied waren ohne Schwierigkeit zu bewältigen; geübte Wanderer brauchten dafür kaum mehr als eine halbe Stunde. Von einem Aufstieg konnte man nicht sprechen, doch immerhin gab es mehrere Möglichkeiten, sich der Pension zu nähern, die sich, wie ihr schien, bewusst als Alternative zu Zweikapellen verstand. Sie würde sich auf die schrundigen Bänke vor das Sonnenhäusl setzen, die Lärchenholzverkleidung des Oberbaus bewundern, eine Holunderblütenschorle bestellen und den Roman fortsetzen, von dem sie am Vorabend, begleitet von Köhlers oder Kohlers Schnarchröcheln, nicht mehr als eine Seite geschafft hatte. Danach würde sich womöglich das nicht zu beruhigende Verlangen einstellen, eine Portion Spinat- oder Kasknödel zu vertilgen. Bergwanderungen, auch kurze, machten wahnsinnig hungrig, und zum Frühstück hatte sie nur einen Früchtequark genommen, garniert mit einer Handvoll Kirschen.

Sophie schnappte sich ihren kleinen Rucksack. Eine Wanderkarte, die sie heute nicht brauchen würde, einen Müsliriegel. Die Wasserflasche ließ sie in ihrem Zimmer, wozu gab es die würzig riechenden, eiskalten Bergbäche, die sich ihren Weg über moosige Steine ins Tal bahnten. Ihr Wasser schmeckte einzigartig, und sie freute sich darauf, sich mit ihren Füßen in den Bachlauf zu stellen, nach Halt auf zwei Steinen zu suchen und sich vornüber zu beugen, um aus der hohlen Hand einen Schluck Wasser zu trinken. Wie sich ihre Freundin Brigitte davor geekelt, sich abgewandt und etwas von Füchsen oder Kühen gemurmelt hatte, die weiter oben am Hang ihre Notdurft genau in jenen Bach verrichteten, aus dem sie trinke … widerlich sei das, Sophie werde sich alle Krankheiten holen, die das Eisacktal zu bieten habe, und wäre anschließend auf ihre Pflege angewiesen. Sophie hatte gelacht, demonstrativ einen zweiten Schwall Wasser genommen und Nacken und Stirn benetzt. Ab und zu, Brigitte, hatte sie der furchtsamen Freundin zugerufen, lohnt es sich, auf Desinfektionstücher zu verzichten und sich todesmutig den Gefahren des rauschenden Wildbachs auszusetzen.

Noch war es früh am Morgen; die anderen Gäste fanden sich gemächlich zum Frühstück ein, Familien mit Kleinkindern wie immer zuerst. Hatte sie früher als junge Mutter auch so einen übernächtigten Anblick geboten? Wenigstens gaben sich die dazugehörigen Männer im Urlaub Mühe, als engagierte Partner aufzutreten. Wie leicht man die Binnenstimmung eines Paares erspürte, sobald man ihm eine Weile beim Essen zusah. Wie man aus der Art, wie der Brötchenkorb weitergereicht oder die Nutellaschmiererei des Nachwuchses weggewischt wurde, den Stimmungspegel einer Familie erkannte. Es nützte nichts, wenn zwei Menschen in den Ferien versuchten, den Schalter umzulegen und penetrant gute Laune zu verbreiten. Die Fassade hielt nie lange, bröckelte, wenn sich jahrelang eingeübte Handgriffe und Gesten wie von selbst einstellten.

Sophie setzte sich auf eine der grauen Holzbänke, mit dem Rücken zu der Steinmauer, die den unteren vom oberen Hoteleingang abtrennte. Nachmittags sonnten sich die Eidechsen und verschwanden blitzartig in den Mauerspalten, sobald neugierige Kinder ihnen zu nah kamen. Zur Mittagszeit füllten sich die Bänke mit einkehrfreudigen Wanderern aus allen Himmelsrichtungen – ein Anblick, der die Hausgäste ein klein wenig verstimmte, schienen doch diese Fremden, die anderswo untergebracht waren, den von den Zweikapellen-Bewohnern mühsam errichteten Kokon zu zerstören. Noch lag eine allenfalls von Geschirrklappern und Stühlerücken untermalte Ruhe über dem anbrechenden Tag. Sophie kramte in ihrem Rucksack; irgendwo musste sich ihr Taschenmesser verstecken. Eine erfahrene Wandersfrau sollte niemals ohne Notbesteck aufbrechen, und ein solides Messer, ihres hatte sie, wie es sich gehörte, vor Jahren in einem Luzerner Fachgeschäft erstanden, durfte da nicht fehlen.

Unwillkürlich blickte sie hinüber zum Fahrweg, wo sich Kastners Bergtaxi rumpelnd näherte. Ob der Eindringling von gestern Abend diesen Weg nach Barbian eingeschlagen hatte? Zu gern hätte sie gewusst, was den Streit der beiden Männer ausgelöst hatte. Obwohl es sie gar nichts anging … ein Familienzwist vielleicht, ein unzufriedener Lieferant, ein Bauer aus Klausen, der sich mit dem jungen Gruber um ein Grundstück stritt? Sophies Phantasie neigte nach der unruhig verbrachten Nacht zu Ausschlägen, war schwer zu bändigen. Beruhige dich, Frau Hauffe, kümmere dich um deine Angelegenheiten und suche den Frieden der Berge. Sie redete mit sich selbst, im Stillen, eine Angewohnheit aus der Schulzeit, die sie hegte und pflegte. Beschwichtigend, manchmal tadelnd Zwiesprache mit sich selbst zu halten half ihr, stellte eine Distanz zu den Gefühlsaufwallungen dar, die sich ungerufen einstellten. Ob sie jemals eine Seelenverfassung erreichen würde, die sich wie ein schwebendes Gleichgewicht anfühlte? Bei der sich die Emotionen auspendelten wie von allein und sie nicht mehr gezwungen wäre, sich mühsam zur Ordnung zu rufen? Im Grab, hatte ein zum Zynismus neigender Museumskollege ihr einmal zugerufen, werde sie es noch sehr lange sehr ruhig haben. Weshalb er zu Lebzeiten lieber kräftig aufs Gaspedal trete.

Als Sophie aufstand und sich den Rucksack aufsetzte, hörte sie Schritte vom Terrassenaufgang. Unbemerkt ging niemand über die knarzenden, ausgetretenen Holzstufen. Machen Sie sich auch zu einem Spaziergang auf? Pia Kremm winkte Sophie zu und hatte, obwohl ihr dünnes Schuhwerk dagegen sprach, offenkundig die Absicht, auf gleiche Weise wie Sophie in den sonnigen Tag zu starten. Ja, das wollte ich, erwiderte Sophie, wenngleich ich das Wort Spaziergang nie benützen würde. Früher in meiner Kindheit haben wir sonntags mit den Eltern Spaziergänge gemacht, auf faden Rundwegen, um die Zeit bis zu Kaffee und Kuchen zu überbrücken. In Zweikapellen wird gewandert, oder? Sie können mich aber gern zum Sonnenhäusl begleiten, das geht ja fast als Spazierei durch.

Sophie staunte schon wieder über sich selbst und ihre Herzlichkeit. Pia Kremm hingegen hielt es für eine Selbstverständlichkeit, zu dem Ausflug mitgenommen zu werden. Einen Rucksack haben Sie nicht dabei? Sophie fragte sicherheitshalber nach. Ohne Rucksack wäre sie sich unvollständig vorgekommen, unpassend ausgestattet.

Nein, nein, hinauf zum Sonnenhäusl schaffe ich das gut, und selbst wenn wir vorhaben, zum Nixenteich weiterzugehen, werde ich keinen Schwächeanfall erleiden. Pilze will ich auch keine sammeln.

Ohne weitere Worte zu wechseln, brachen die beiden Frauen auf und entschieden sich stillschweigend gegen den zu Anfang unangenehm steilen Aufstieg, der gleich hinter den zwei Kirchen und dem benachbarten Pichlerhof einsetzte. Stattdessen bogen sie nach links in den Wald ab, wo sie ein gemächlich ansteigender Pfad erwartete, der sich nach einer Weile zu einem auch für Traktoren und Holzfahrzeuge geeigneten Weg verbreiterte. Das Kastner-Taxi musste schließlich auch die Gäste des Sonnenhäusls an ihr Ziel bringen.

Nachdem sie fünf Minuten nebeneinander gegangen waren, Sophie gleichmäßig zu atmen versuchte und Pia Kremm unsicher Baumwurzeln auswich, erkundigte sich Sophie nach dem Begleiter ihrer Weggefährtin. Als habe

Pia Kremm auf einen Auslöser gewartet, brach es aus ihr heraus, und sie blieb alle paar Meter stehen, um ihren Sätzen Nachdruck zu verleihen. Im Bett liege der noch, vermutlich würde er es zum Frühstück erst schaffen, wenn Magda bereits für die Mittagsgäste eindecken würde. Aber sie hätten sich an ihre unterschiedlichen Biorhythmen gewöhnt, und wenn er auf der Suche nach Fotomotiven durch die Wälder streife, fühle sie sich sowieso überflüssig. Ob Sophie das kenne, dieses Gefühl, nicht gebraucht zu werden und Männern im Weg zu stehen?

Ehe es Sophie gelang, ihre Gedanken zu sortieren, sprach Pia Kremm weiter, in einem fort, als habe sich über Nacht ein immenser Redebedarf angestaut. Sophie kam kaum dazu, die Erzählungen mit einem Nicken oder einem zustimmenden »Ach ja« zu kommentieren. Als sie zur Hangwiese kamen, wo Holzarbeiter mit ihren Motorsägen die Morgenruhe störten, wusste Sophie über alles Bescheid. Dass sie mit dem Fotografen Robert eine komplizierte Beziehung verbinde, die man dadurch zu retten versuche, dass man sie als eine offene Beziehung – Sophie verstehe das sicher – gestalte. Dass Pia Kremm sich als Gitarrenlehrerin über Wasser halte und ungebrochen darauf setze, als Liedermacherin ein Comeback zu feiern, gewissermaßen anzuknüpfen an ihre Erfolge Ende der Siebzigerjahre. Damals, als sie mit »Wo ist die Zeit nur geblieben?« im Fernsehen aufgetreten und von Journalisten porträtiert worden sei.

Sophie erinnerte sich dunkel an dieses Lied, das vom geschmolzenen Schnee des vergangenen Jahres und von Menschen, die ihren Jugendidealen untreu geworden waren, handelte. Das mit dem Schnee war symbolisch gemeint gewesen, irgendwie. Sie vermied es nachzufragen, da sie befürchtete, eine ausführliche Interpretation zu erhalten. Zum Glück hatte Pia Kremm ihre Gitarre auf dem Zimmer gelassen und zeigte keine Ambitionen, als singende Bergvagabundin aufzufallen. Immerhin erkundigte sie sich danach, ob Sophie ebenfalls künstlerisch tätig sei, wie viele Menschen, die nach Zweikapellen oder zum Sonnenhäusl kämen. Sophie überlegte kurz, ob sie davon erzählen sollte, dass sie zu den Museumsleuten zählte, die in der Lage wären, Rauhaardackel und Spreedampfer zu malen, die man als Rauhaardackel und Spreedampfer erkennen könne, und Volkshochschulkurse anbiete, wenn sie von Impressionismustheorie die Nase voll hatte. Doch ehe sie dazu ansetzen konnte, erzählte Pia Kremm von einem kleinen CD-Label, das Interesse signalisiert habe, mit ihr ins Studio zu gehen. Nichts Großes, aber doch eine Genugtuung für sie, und allein deshalb hoffe sie, dass der Bergurlaub ihre Kreativität entfessele.

Setzen wir uns doch auf die Bank da hinten! Sophie deutete zum Waldrand, die Holzarbeiter brechen gerade auf, da haben wir es ruhig und genießen den Fernblick. Pia Kremm schien zuvor nichts von ihrer Umgebung wahrgenommen zu haben und sich zu wundern, dass sich fremde Menschen, Holzfäller oder was auch immer, in der Nähe aufhielten. Sie stimmte Sophie zu, mit einem verlangsamten Gesichtsausdruck, der Zweifel verriet, ob sie in Sophie eine geduldige Zuhörerin gefunden hatte.

Eine halbe Stunde später war Sophie erschöpfend informiert und sicherte Pia Kremm zu, sich am Nachmittag ihre Kompositionen anzuhören und einen Blick auf den gestern entstandenen Text zu werfen, der natürlich sozialkritisch sei, obwohl das heutzutage niemanden mehr interessiere. Beirren lasse sie sich davon nicht. Sophie überlegte kurz, ob sie von ihren Musikvorlieben erzählen sollte, doch dann entschied sie sich dafür, Pia Kremm nicht zu unterbrechen. Diese hatte das dringende Bedürfnis, sich auszusprechen, und obwohl Sophie nicht daran glaubte, dass deren engagierte Lieder das Glück ihres ersten Urlaubstages mehren würden, merkte sie, wie ein sanfter Gleichmut über sie kam. Keinem ihrer Kollegen im Museum hätte sie mit derartiger Engelsgeduld zugehört, keinem einzigen. Sie genoss den Windhauch, der durch die Baumwipfel fuhr, lehnte sich genüsslich gegen die morsche Rückenlehne der Bank und streckte die Beine von sich. Ein weißer Schmetterling setzte sich auf ihre Stiefelspitze und stellte das Flügelschlagen nach ein paar Sekunden ein.

Sehen Sie mal, da hinten. Sophie schaute auf. Pia Kremms Finger deutete in die Ferne, wo die Wiese zu einem Grundstück führte. Da ist einer so früh unterwegs wie wir. Sophie kniff die Augen zusammen: Im Schatten einer Tanne, deren ausgedünnten Äste an ein gerupftes Huhn erinnerten, saß ein Mann auf einem Baumstumpf und starrte irgendwohin. Kannte sie den Mann, seinen schwarzen Haarschopf, die breiten Schultern? Der wohnt da sicher, in dem Häuschen am Wegrand, sagte sie, fast flüsternd, und glaubte keine Sekunde an das, was sie sagte. Pia Kremm erwiderte nichts, war in Gedanken vermutlich längst woanders, beim Widerstand gegen Flughafenerweiterungen oder die Zerstörung der natürlichen Lebensräume des Edelweiß.

Beide Frauen hingen ihren Gedanken nach, bis sie ein Auto hörten, einen klapprigen Kleintransporter. Der Fahrer, ein Einheimischer mit hellblauer Kappe, hob die Hand – man hätte es für einen Gruß halten können – und wunderte sich vermutlich über die ermatteten Frauen, die mit ihrem Vormittag nichts Besseres anzufangen wussten, als zum Sonnenhäusl zu marschieren, wo schon genug merkwürdige Leute wohnten, die er dreimal die Woche mit Getränken versorgte. Weißweintrinker gab es im Sonnenhäusl genug, bei den Mengen, die er dort absetzte. Sophie und Pia Kremm wussten nicht, wie sie den Gruß des Fahrers angemessen erwidern sollten, und entschieden sich in einer merkwürdig synchronen Bewegung dafür, huldvoll mit der Hand zu winken. Königin Elisabeth, dachte Sophie, wäre stolz auf uns.

9

Sonnenhäusl. Ein treffender Name, vor allem an einem Tag wie dem heutigen. Schon von Weitem leuchtete das kantige Gebäude in der Sonne auf und motivierte die Wanderer, schneller auszuschreiten, um einen der begehrten Plätze vor dem Haus zu ergattern. Noch war es früh am Tag, sodass Sophie und Pia Kremm unter der Baumgruppe einen der Eckplätze in Beschlag nahmen, die bei Hitze Schatten spendeten und es erlaubten, sowohl die abschüssige Wiese auf der gegenüberliegenden Seite als auch den Hauseingang in den Blick zu nehmen. Ein paar der Sonnenhäusl-Hausgäste saßen noch beim Frühstück auf der Terrasse und nahmen keine Notiz von den Ankömmlingen. Im Sonnenhäusl, daran erinnerte sich Sophie, ging es, sofern das möglich war, ruhiger als in Zweikapellen zu. Man habe das Gefühl, hatte Brigitte gelästert, es nur mit leise sprechenden und dezent auftretenden Gästen zu tun zu haben, weshalb sie sich nie im Sonnenhäusl einquartieren, aber dort mindestens zweimal die Woche liebend gern eine Speckknödelsuppe zu sich nehmen und die leise sprechenden und dezent auftretenden Gäste beobachten würde.

Sophie nippte an ihrer Holunderblütenschorle und schnitzte einen dürren Ast zu einer Pfeilspitze zurecht.

Pia Kremm hatte sich zwischenzeitlich verabschiedet, mit überschwänglichem Dank dafür, wie befreiend es gewesen sei, sich mit Sophie nach Herzenslust auszutauschen, und von der Notwendigkeit gesprochen, noch ein Stück auszuschreiten, um sich von der Einsamkeit einer Lichtung inspirieren zu lassen. Sophie hatte rundherum Verständnis signalisiert und der Liedermacherin nachgewunken, die quer über die Sonnenhäusl-Wiese ging und bald hinter aufgespannten weißen Laken verschwand.

Sicher gab es Absprachen zwischen den Grubers und den Sonnenhäusl-Betreibern, denn hier wie dort hing man die Weißwäsche an langen, straffen Schnüren zum Trocknen auf. Gut zwanzig Meter mochten die Viererreihen von Wäscheseilen lang sein, die zwischen altgedienten Holzpfosten gezogen waren. Was für ein heiteres Bild die Laken und Tischdecken abgaben, wenn sie vom Wind bewegt wurden und sich vom kräftigen Grün der Wiesen abhoben. Dieses Bild, das ließ sich mühelos vorhersagen, würde Sophie mit nach Berlin nehmen, diesen Farbkontrast unter einem Himmel mit sanft fortschaukelnden Wolken. Sie würde dann die Augen schließen und, bei schmuddeligem Regenwetter, die Bewegungsnuancen der wehenden Wäschestücke nachzeichnen. Auch ihre Museumskandidaten, Max Liebermann, Robert Breyer oder Max Slevogt, hätten ihre Freude daran gehabt und, wenn es das Sonnenhäusl damals schon gegeben hätte, das Wiesenstück zu malen versucht.

Sie sah ihr Liebermann-Lieblingsbild vor sich, das im zweiten Saal des Museums an eher unscheinbarer Stelle hing, eines der wenigen Gemälde, an dem sie nie achtlos vorüberging. Eine kleine Erhebung in einer Parklandschaft und eine weiß gekleidete Frau, die mit übereinandergeschlagenen Beinen auf einer Bank saß. Wann immer Sophie meinte, es nicht mehr auszuhalten, blieb sie ein paar Minuten vor diesem nicht sehr großen Gemälde stehen, setzte ihre Füße auf den sandigbraunen Weg, der am linken Bildrand zu einem sicher herrschaftlichen Haus führte, und stellte sich vor, neben der Frau in Weiß Platz zu nehmen, zu den Kastanien aufzusehen und zu schweigen. Vielleicht sollte sie selbst in den nächsten Tagen ihren Skizzenblock auspacken und die Sonnenhäusl-Wäsche malen, in ihrem zur Abstraktion neigenden Stil, der – da machte sie sich nichts vor – eine solide Beherrschung der Technik verriet, aber in keiner Weise auf übermäßig großes Talent schließen ließ.

Eine Stärkung konnte nichts schaden, überlegte Sophie, obwohl es gerade erst halb zwölf war und sich noch kein Mittagstischgast zeigte. Morgen würde sie Spiegeleier zum Frühstück essen, mindestens zwei mit Speck, wie es sich in Südtirol gehörte. Sie würde wie immer ihr Brötchen aushöhlen, den weichen Teigbatzen auf dem Teller zurücklassen, den Dotter vorsichtig in die Brötchenöffnung drücken und das Objekt kräftig salzen. Eine Vorstellung, die ihren Appetit steigerte. Wenn sich nur der Kellner blicken ließe, ein schmerbäuchiger Typ, der wie fast alles Personal aus dem Osten stammte und mit dem Sommerverdienst die Angehörigen zu Hause über Wasser hielt. Knödeltris mit grünem Salat dazu, das wäre das Richtige. Irgendwann würde der Kellner aus der Versenkung auftauchen. Sie hatte Zeit, ihr Terminkalender war leer, gänzlich leer, keine Eile also mit der Knödelorder.

Ein Paar mittleren Alters, Hausgäste offensichtlich, setzte sich an den Nebentisch und grüßte so unauffällig, dass Sophie nicht sicher war, gegrüßt worden zu sein.

Beide tranken Tee und lasen – was, konnte Sophie bedauerlicherweise nicht sehen, obwohl sie ihren Kopf unauffällig hin und her drehte, um das Rückenschild oder das Cover der Bücher zu entziffern. Sicher handelte es sich um literarisch hochstehende Texte, anderes, so wirkten die beiden, wäre dem Paar nicht auf den Lesetisch gekommen.

Sophie tupfte sich mit ihrem blau-weiß karierten Taschentuch die Stirn. Der dünne Schweißfilm war längst getrocknet. Um ihre Kondition stand es nicht zum Besten, aber in einer Woche, nach Wanderungen, die nicht nur aus der anspruchslosen Sonnenhäusl-Tour bestünden, würde sie nicht mehr so leicht ins Schwitzen kommen. Sie winkte dem Kellner zu, der auf der Türschwelle stand und keine Hoffnungen mehr hegte, dass die sich seit einer Stunde mit einem Glas Saftschorle begnügende Frau jemals größere Bestellungen aufgeben könnte. Hallo, hallo, rief Sophie ihm zu, befürchtend, dass er keine Notiz von ihr nähme und ins Haus zurückkehrte.

Für mich den Knödeltris bitte und ein Achtel Weißburgunder. Nie wäre Sophie in Berlin auf die Idee gekommen, um diese Uhrzeit Alkohol zu bestellen. Deshalb fuhr man ja in Urlaub, dachte sie, um sich nicht wie zu Hause zu benehmen. Sie war erleichtert, als der Kellner ihr zunickte und ihren Wunsch auf einem kleinen Block notierte. Schon als Kind hatte Sophie in Gasthäusern Ungeduld an den Tag gelegt, bis die Bestellung aufgegeben war, bis der Motor ins Laufen kam. Danach erst lehnte sie sich zufrieden zurück und wusste ihr Schicksal ganz in den Händen der Kellner und Köche. Sophie setzte volles Vertrauen in die Sonnenhäusl-Mannschaft und dachte an die flüssige Parmesanbutter, in die sie bald ihre Knödelstücke eintauchen würde.

In solch froher Erwartung nahm Sophie das ungewöhnliche Haus in Augenschein. Ein Architekt, so viel wusste sie, der eigentlich Maler war, hatte es in den Zwanzigerjahren umgestaltet, im nüchternen Bauhausstil und in der löblichen Absicht, alle Details vom Holzstuhl bis zum emaillierten Waschkrug aufeinander abzustimmen. Wer von Bergpensionen verschnörkelte Balkone und Rosenmuster erwartete, den verblüffte das puristische Sonnenhäusl. Sophie gefiel dessen Kargheit, die Konzentration auf das Wesentliche. Wie mochte es sein, auf Dauer hier zu leben, vor allem im Herbst, wenn die Saison zu Ende ging und sich der Schnee ankündigte? Hätte sie das ausgehalten? Immerhin war sie in einem Dorf aufgewachsen und keine zarte Großstadtpflanze, die der Anblick einer Kuh in Angst und Schrecken versetzte.

Stimmen wurden laut. Wanderer kamen über die Terrasse, zu der der steile Weg führte, den Sophie und Pia Kremm heute Morgen gemieden hatten. Die Lehrer aus Bamberg, ihre Tischnachbarn, die sich ihr ohne Umschweife näherten und sich zu ihr setzten. Dürfen wir? Selbstverständlich, antwortete Sophie, schließlich sind wir es ja gewohnt, die Mahlzeiten gemeinsam einzunehmen. Und sehen Sie, da kommen schon meine Knödel. An Ihrer Stelle würde ich sofort bestellen, wer weiß, wann der junge Mann unserem Tisch wieder die Ehre erweist.

Herr Haselberger blickte hochinteressiert auf Sophies Teller, wo drei Knödel in aufgeschäumter brauner Butter auf ihre Bestimmung warteten. Wir wollten nichts essen, mittags, wegen der üppigen Abendverpflegung, und haben uns ein paar Äpfel eingesteckt. Aber wenn ich das sehe … was meinst du, Margit, eine Kleinigkeit schadet nicht, oder? Zumal wir beim Aufstieg mit Sicherheit viele Kalorien verbraucht haben. Haselbergers Frau setzte keinen Widerstand entgegen und bestellte eine Portion Rindergulasch. So jung, liebe Frau Hauffe, kommen wir nicht mehr zusammen, stimmt's? Sophie nahm den Satz ernster, als er gemeint war, und hätte sich beinahe an ihrem ersten Kasknödelbissen verschluckt. Da hatten die Haselbergers recht. Die ewigen Lebensweisheiten, die es gab, klangen immer simpel. Jünger würde sie nicht werden. Wenn eins feststand, dann das.

10

Passen Sie auf, ein Wespennest! Um ein Haar wäre Sophie, als sie die Abkürzung über die Wiese einschlug, in ein unscheinbares Erdloch getreten, aus dem ein ganzes Bataillon von Wespen aufstieg. Das hätte ihr noch gefehlt, von Stichen überzogen nach diesem entspannten Mittagessen in der Sonne, das sich über fast zwei Stunden hinzog. Die Haselbergers hatten sich Sophie dankbar angeschlossen und sich mit herzhaftem Appetit über Gulasch und Speckbrot hergemacht, während Sophie leichtsinnigerweise noch einen Kaiserschmarrn – die Kinderportion bitte! – und einen zweiten Weißburgunder bestellt hatte. Nach und nach hatten sich die Sonnenhäusl-Tische gefüllt, mit Wanderern, die größere Routen vor sich hatten, und einer Familie, die Sophie gestern Abend in Zweikapellen gesehen zu haben meinte.

Ungezwungen tauschten die Haselbergers ihre Gerichte aus und steckten sich gegenseitig die Bissen in den Mund. Lehrer sind wir beide, können Sie sich das vorstellen? Etwas Langweiligeres ist kaum denkbar. Ich habe, sagte Herr Haselberger, meine Frau zu allem Überfluss in der Schule kennengelernt, vor gut fünfundzwanzig Jahren, als sie als Referendarin anfing und ich ihr entscheidende Tipps gab.

Wenn ich die alle befolgt hätte, Peter, hatte Frau Haselberger gekontert, wäre ich durch sämtliche Prüfungen gerasselt. Zum Glück unterrichten wir heute an unterschiedlichen Gymnasien in Bamberg. Meinen Mann ständig im Lehrerzimmer zu sehen und mir Schülergeschichten über ihn anzuhören, das ginge zu weit. Wir müssen uns im Urlaub erst wieder aneinander gewöhnen. Frau Haselberger hatte schallend aufgelacht – schön, dachte Sophie, wie selbstironisch die beiden miteinander umgingen.

Beim zweiten Wein fing sie an, von ihrer Arbeit zu erzählen, von ihrem unermüdlichen Einsatz für den unterschätzten – von Liebermann mal abgesehen – deutschen Impressionismus und von dem, was ihren Berufsalltag ausmachte: Pressemitteilungen verfassen, Kataloge und Werbebroschüren vorbereiten, manchmal Besuchergruppen betreuen und den Chef, einen Kunsthistoriker, dem das Museum viel zu klein erschien und der hoffte, einen hochdotierten Job in Frankreich zu bekommen. Was nie passieren würde. Ein ähnliches Problem wie bei meinem Exmann, war Sophie fortgefahren und hatte, ehe sie sich versah, von ihrer Trennung und von ihrem Sohn erzählt. Wie immer senkte Sophie bei diesem Thema die Stimme, um nicht die Nachbartische mit interessantem Stoff zu versorgen, und nach einer Weile stellte sie fest, wie leicht es ihr fiel, sich diesem Lehrerehepaar anzuvertrauen. Frau Haselberger legte ihre Hand auf Sophies Unterarm und tätschelte ihn sanft. Wissen Sie, Frau Hauffe, es hat in unserem Leben regelmäßig Situationen gegeben, in denen wir kurz vor der Trennung standen. Mein Mann benimmt sich ja oft unmöglich, Sie sollten ihn beobachten, wenn er sich der Spülmaschine nähert und sich darüber erregt, auf welch kreuzdämliche Weise ich die Teller und Tassen einsortiert hätte. Aber – sie lächelte ihren Mann, der diese Erzählung wohl nicht zum ersten Mal hörte, an – ich habe irgendwann beschlossen, ihm diese kleine Freude zu lassen, wobei es ihm natürlich besser gefiele, wenn ich mein Spülmaschinenverhalten verteidigen und ihm empört widersprechen würde. Den Gefallen tue ich ihm aber nicht, nicht wahr, mein grauer Peter? Sie strich ihm durchs Haar und prostete ihm mit ihrem Bierglas zu.

Nach dem zweiten Espresso beschlossen Sophie und die Haselbergers, den gefährlichen Abstieg nach Zweikapellen gemeinsam anzutreten. Von einem Müdigkeitsschub befallen, verspürte Sophie das Bedürfnis, sich auf eine der Liegestühle in Zweikapellen fallen zu lassen und den Nachmittag dösend und lesend zu verbringen. Die Haselbergers hatten nichts dagegen, ihren Aufstiegspfad auch für den Abstieg einzuschlagen.

Stellen Sie sich vor, Frau Hauffe, Sie wären von den Wespen gestochen worden, gleich am ersten Tag! Ohne eine Reaktion abzuwarten, begann Frau Haselberger von einem Kroatienurlaub zu erzählen – damals, als mein Mann und ich uns noch trauten, ins fremdsprachige Ausland zu fahren –, der ein einziges Desaster gewesen sei. Schon beim zweiten Badeausflug sei sie in einen Seeigel getreten, ein Besuch bei einem einheimischen, zahnlosen Arzt sei unumgänglich gewesen. Die Stacheln, denken Sie nur, verteilten sich über den ganzen Fuß, und der völlig überforderte, offenkundig von einem Augenleiden befallene kroatische Wald-und-Wiesen-Mediziner habe in seinem schäbigen Hinterzimmer stundenlang versucht, die Teile mit einer Pinzette herauszuziehen, ehe er aufgegeben und ihr Ladungen von Antibiotika verschrieben habe, die dazu geführt hätten, dass sie während der nächsten

Tage Stammgast auf der Toilette ihrer Pension gewesen sei. Details, liebe Frau Hauffe, erspare ich Ihnen. Immerhin haben sich ein paar klitzekleine Seeigelstacheln bis heute erhalten und können in meiner Ferse bewundert werden. Falls Ihnen in Zweikapellen langweilig werden sollte. Zur Bekräftigung lachte sie wieder schallend auf. Ein Eichhörnchen ließ sich erschrocken zwei Stockwerke tiefer fallen, während Herr Haselberger, der die Rede seiner Frau zweimal mit einem »Übertreibe nicht, Liebes« unterbrochen hatte, die Führung ihrer kleinen Gruppe übernahm. An einer Gabelung entschieden sie sich gegen den längeren Weg über Unterflor. Zu ihrer Rechten fiel der Hang steil ab, sodass sie hintereinander gingen und sich schweigend darauf konzentrierten, nicht über eine Wurzel zu stolpern. Nach einer Viertelstunde gelangten sie auf einen breiteren Waldweg, dessen heftige Steigung den Haselbergers beim Hinweg Mühe gemacht hatte.

Meine Frau hält es mit Till Eulenspiegel und freut sich bei jedem Aufstieg, weil sie weiß, dass es später mit Sicherheit wieder abwärts geht. So schafft man sich kleine Freuden im Leben. Sophie setzte ihre Füße vorsichtig auf, ängstlich darauf bedacht, nicht zu stürzen und das unwürdige Bild einer ausrutschenden Touristin abzugeben. Der Blick öffnete sich mit einem Mal auf die Berggipfel gegenüber, Dreitausender sicher, die unnahbar herüberblickten, als hätten Menschen auf ihren Vorsprüngen nichts zu suchen. Vor nicht allzu langer Zeit musste ein kräftiger Sturm gewütet haben. Ein frisch entwurzelter Baum querte den Weg, daneben zwei Zirben mit gefährlichem Neigungsgrad. Kümmerlich sahen die mit ihren versprengten Nadeln ohnehin aus, dachte Sophie und schlug den Haselbergers vor, den Ausblick zu würdigen und sich auf einem der Baumstämme am Rand niederzulassen. Bis zum Pichlerhof sind es ja nicht mehr als zwanzig Minuten, und Sie als erfahrene Zweikapellener können mir sicher etwas erzählen, was ich als Fast-Novizin nicht weiß.

Herr Haselberger nahm den Vorschlag dankbar an und stemmte seine massiven Bergschuhe gegen einen überwucherten Baumstumpf, der in einigen Jahren von der Natur komplett vereinnahmt sein würde. Wir haben uns, Frau Hauffe, wie es sich für Lehrer gehört, gewissenhaft vorbereitet, meine Frau hat sich sogar auf Südtiroler Geschichte spezialisiert, aber wir sind ja erst das zwölfte Mal in der Gegend und deshalb noch Laien. Immerhin hält uns Tischnachbar Köhler – Sie erinnern sich, das ist der Mann, der kaum mehr als diese verzweifelte Dichtersgattin im Kopf hat, die, die sich die Pistole an den Kopf gesetzt hat oder womit auch immer sie sich ins Jenseits geschickt hat – über die historischen Hintergründe auf dem Laufenden. Sie als Kunsthistorikerin werden den Baumeister vom Sonnenhäusl sicher kennen, einen Maler, der irgendwie zur Settari-Sippe gehört, die hier oben alles beherrscht. Der hat feine Interieurs und Stillleben gemalt und gleichzeitig scheußliche Nazischinken, an denen Hitler seine helle Freude hatte. Vielleicht können Sie mir das einmal in Ruhe erklären, wie das zusammenpasst. Auch das Sonnenhäusl hat ja ein stilvolles Ambiente, obwohl ich da nicht einquartiert sein möchte. Haben Sie den ovalen Tümpel gesehen, der bei denen als Swimmingpool gilt? Ein trüber Teich, angeblich von natürlichem Bergwasser gespeist. Nein danke, da würde ich nicht mal die große Zehe hineinstecken, aber der Sonnenhäusl-Blick hinüber zu den Dolomiten ist natürlich unbezahlbar.

Den Namen des Malers hatte Sophie schon einmal gehört, bildete sie sich ein. Andererseits gehörte es zum Standardrepertoire unter Kollegen, wenn die Rede auf irgendeinen gänzlich unbekannten Aquarellisten oder Performance-Scharlatan kam, vorbeugend so zu tun, als sei einem dieser Künstler selbstverständlich ein Begriff. Unwissenheit zuzugeben brachte einem selten Anerkennung ein, und so war sie es gewohnt, im Small Talk über ein kunsthistorisch staunenswertes Fundament zu verfügen. Das verhinderte Rückfragen, und in den seltensten Fällen war man gezwungen, Detailwissen offenzulegen. Das stillschweigende Abkommen unter Hochstaplern funktionierte. Dass Herr Haselberger allerdings meinte, sie müsse sich in der Südtiroler Zwischenkriegsmalerei auskennen, überforderte selbst sie. Immerhin erinnerte sie sich unscharf an ein Bild von diesem Maler, das Hitler in mittelalterlicher Rüstung als Bannerträger zeigte, zu Pferde und mit einem verwegenen Gesichtsausdruck.

Lassen Sie mich raten, lieber Herr Haselberger, sagte Sophie, nachdem man sich wieder auf den Weg gemacht hatte und sie soeben mit schnellem Beinschwung eine rotweiße Schranke überquerte, die Autos daran hinderte, sich auf dieser Strecke ans Sonnenhäusl heranzumachen. Ich vermute, dass dieser Maler – wie sagten Sie, hieß er? – von der einheimischen Bevölkerung ungebrochen geschätzt wird, man seinen symbolischen Hitlerschmarrn als entschuldbare, dem Zeitgeist verpflichtete Verirrung beschönigt und er selbst nach dem Krieg gekränkt war, dass man ihm Nazianbiederung vorwarf, stimmt's? Sophie strahlte Lehrer Haselberger an, stolz darauf, die Schrankenüberquerung so gelenkig geschafft zu haben.

Irgend so etwas hat unser Speisekompagnon Köhler angedeutet, aber fragen Sie ihn nur selbst, wenn Sie nachher nichts über diese Stieglitzin hören wollen. Meine Frau hofft übrigens jedes Mal darauf, dass sie im Hotel Zeugin von dramatischen Konflikten wird. Ehe- und Rosenkriege, Zerwürfnisse unter den Angestellten. Und seit ein paar Tagen hast du Hoffnung, Margit, oder? Der junge Gruber scheint Ärger am Hals zu haben, mit einem Verwandten oder Geschäftspartner. Margit wurde, ganz zufällig natürlich, Ohrenzeugin eines Telefonats, bei dem die Fetzen flogen. Darüber wolle er nicht reden, habe Gruber in den Apparat geschrien, das sei Schnee von gestern. Ansonsten ist es ja zum Davonlaufen in diesem Zweikapellen, nirgendwo findet man jemanden, mit dem man sich über die Fußball-Bundesliga und meinen FC Nürnberg austauschen kann. Ich vermute, Sie verstehen davon so viel wie meine Frau. Stattdessen geht es hier zu wie auf einer Bildungsakademie. Meine Frau wollte schon den »Zauberberg« als Lektüre mitnehmen, stimmt es oder habe ich recht, Margit? Stellen Sie sich das vor: auf unserer Kurveranda vor sich hin dämmern, auf die Mahlzeiten warten, über Altersgebrechen, bewirtschaftete und nicht bewirtschaftete Hütten und Nazimaler reden und sich dazu diese Thomas-Mann-Sanatoriumssätze zu Gemüte führen! Ich werde mich heute Abend absondern und nur mit diesem Hamburger Haushaltswarenhändler sprechen. Über beschichtete Pfannen, Eierschneider und andere nützliche Dinge. Obwohl, wer weiß, vielleicht liest der auch Weltliteratur und denkt über NS-Kunst nach.

Herr Haselberger steigerte sich in seine Tirade hinein und genoss es, dafür ein ironiefähiges Opfer gefunden zu haben. Seine Frau hatte sich aus dem Gespräch ausgeklinkt und geriet bei dem steilen Schlussstück zum Pichlerhof in Schieflage. Das zweite Bier, seufzte sie, war eines zu viel. Ich trinke mittags nie Bier, Frau Hauffe. Sie dürfen kein falsches Bild von mir bekommen und mich nicht in Versuchung führen. Ich muss mich sofort hinlegen und wäre Ihnen dankbar, wenn Sie meinen Mann ablenken würden. Es gibt ja noch einige architektonische Schönheiten, und wenn Sie ihm dann ein Stück Kuchen spendieren, schmilzt er dahin – und ich schlafe selig. Vermutlich hat dieses Forst-Bier viel mehr Alkohol als unser Kellerbier.

Frau Haselberger sprach sich Mut zu und hängte sich bei ihrem Mann ein, der belustigt ihre Selbstanklagen angehört hatte. Sie passierten den Pichlerhof, der abweisend wirkte und unter der Zweikapellen- und Sonnenhäusl-Konkurrenz zu leiden schien. Irgendwann in den nächsten Tagen würde Sophie beim Pichlerhof-Wirt den Schlüssel für die beiden Kirchen abholen. Beim letzten Mal hatte sie erst daran gedacht, als sie im Kastner-Taxi saß und sich vor der langen Rückfahrt nach Berlin fürchtete. Kirchlichen Beistand brauchte sie diesmal auf jeden Fall mehr denn je.

11

Mit einem stillen Seufzer ließ sich Sophie in den Liegestuhl fallen. Noch waren diejenigen unterwegs, die über den kurzen Marsch zum Sonnenhäusl müde lächelten, und von den Tagesgästen traute sich keiner, die ausgetretenen Steinstufen am Kastanienbaum hinunterzusteigen und sich auf einer der Liegen auszubreiten. Sophie platzierte sich so, dass sie das Hotel im Rücken hatte, die weißen Gipfel und ein sich über ihnen zusammenbrauendes dunkles Gebirge von Wolken im Blick, das den sonnigen Nachmittag nicht beeinträchtigte. Noch nicht, wie Sophie vermutete.

Einen feineren Platz gab es in ganz Zweikapellen nicht. Die wuchtige Edelkastanie galt als Erkennungszeichen, doch seitdem sie auf die Pflege eines Baumchirurgen angewiesen war, fürchteten alle insgeheim, dass bald das letzte Stündlein des altersschwachen Baums schlagen könnte. Längs- und Querverstrebungen gaben ihm Halt, und zwischen den Astgabeln war ein bequemer Sitz entstanden, den die Kinder als Sattel nutzten und sich wie Old Shatterhand oder Star-Wars-Ritter fühlten. Im eingelassenen Sandkastenviereck unter der Kastanie – Keschte sagte man hier – buk ein Mädchen geduldig Sandkuchen, das aus Krefeld, meinte sich Sophie zu erinnern. Vermutlich streckten seine erschöpften Eltern alle Viere von sich oder gaben sich – bis zum Abendessen war noch viel Zeit zu überbrücken – einem Topfenstrudel oder Marillenkuchen hin. Spiel schön im Sandkasten und klettere den Baum nicht zu hoch hinauf – hast du verstanden?

Wie untrainiert sich Sophie fühlte, ihre Joggingrunden im Volkspark waren häufig ausgefallen, und mit Grunewald-Spaziergängen oder der mühsamen Ersteigung des Kreuzbergs ließ sich keine Kondition aufbauen. Morgen früh würde sie Muskeln spüren, von deren Existenz sie keine Ahnung gehabt hatte, doch in der zweiten Woche würde sich das legen, und sie würde sich wie fünfunddreißig fühlen. Überhaupt hatte sie sich lange eingeredet, vom Sprung über die vierzig nichts zu merken. Sie hatte sich angewöhnt, über Markus' Eskapaden hinwegzugehen, und erleichtert festgestellt, dass die allerschlimmsten Pubertätsphänomene an ihrem Sohn Felix weitgehend geräuschlos vorübergegangen waren und er sich zu einem selbstständigen – fast zu selbstständigen – jungen Mann entwickelt hatte, der von Kalifornien schwärmte und seiner Mutter im hoffentlich sehr bald eintretenden zweiten Frühling keine Unterstützung wäre. Vielleicht war es zu viel auf einmal, das Ende einer Ehe, so verkorkst sie zuletzt gewesen sein mochte, das Flüggewerden des Sohnes ... und das schwer zu beschreibende Gefühl, sich selbst bei der Arbeit zuzusehen, den Kontakt zu den nicht zahlreicher werdenden Freundinnen schleifen zu lassen und traumwandlerisch seinen Alltagsverrichtungen nachzugehen.

Genug gegrübelt, Frau Hauffe. Sie würde sich gleich einen Kaffee holen, schwarz natürlich, schließlich musste es Berlinerinnen geben, die standhaft mit Latte macchiato nichts anzufangen wussten und selbst vor einem Kännchen Kaffee mit Dosenmilch, Bärenmarke am liebsten, nicht zurückschreckten. Vor ein paar Jahren hatte die Firma angekündigt, auf den Bären als Logo zu verzichten, angeblich, um auf die Bedrohung der Braunbären in den Alpen aufmerksam zu machen. Sollte Sophie stattdessen auf Glücksklee ausweichen, mit dem, wie sie sich zu erinnern meinte, Karl Lagerfelds Vater reich geworden war? Was einem beim Dösen alles so durch den Kopf rauschte …

Sophie sah von ihrem Buch auf. Binnen weniger Minuten hatte sich eine völlig andere Wolkenformation gebildet, verschrobene Ausbuchtungen, die dazu einluden, sich Tiere auszudenken, die den Wolkenbergen gleich sahen. Mit ihrer Mutter hatte sie sich stundenlang damit beschäftigt, am Strand zu sitzen und die vom Wind aufgepeitschten Wolken als Elefanten, Löwen oder Drachen zu deuten, die sich bedrohlich näherten, zum Angriff übergingen … und im Nu ihre Gestalt derart veränderten, dass sie als friedliche Schafe oder Kälber am Himmel zu grasen schienen. Manchmal hatte es Minuten gedauert, bis Sophie die Umrisse des Tigers erkannte, den ihre phantasievolle Mutter aus den Wolken ablas, und manchmal verdächtigte sie ihre Mutter, auf gut Glück von den scharfen Klauen eines Jaguars oder der mächtigen Statur eines Büffels zu fabulieren.

Frau Hauffe, wie schön, Sie zu sehen! Ehe Sophie eine Seite ihres Meeresromans zu Ende gelesen hatte, schreckte sie der beschwingte Ruf auf. Sie brauchte kaum eine Sekunde, um die Stimme wiederzuerkennen: Köhler oder Kohler, der, wie sie seit dem Ausflug mit den Haselbergers wusste, definitiv Köhler hieß, was ihr zwar egal war, doch die Gedankenspiralen in ihrem Kopf abkürzte. Köhler schien sich vorgenommen zu haben, auf Sophies Befindlichkeit keine Rücksicht und den freien Liegestuhl an ihrer Seite in Beschlag zu nehmen. Mit wohligem Stöhnen ließ er sich hineinplumpsen, wodurch das nicht sehr stabile Stück ins Wanken geriet und mitsamt dem verblüfften Privatgelehrten umkippte. Ein Geräusch war zu hören, scharf, wie es nur mit einem Ruck reißender Stoff erzeugte, und ehe sich der einen japsenden Hilferuf ausstoßende Köhler versah, rollten er und sein Bücher- und Zeitungsstoß das kurze Hangstück hinunter. Ein Bretterzaun, der die Wiese von den Gruber'schen Kräuterbeeten trennte, hielt den fülligen Mann auf, der ein paar Sekunden verstreichen ließ, bis er das ihm widerfahrene Missgeschick begriff. Vielleicht brachte Sophies helles Lachen ihn dazu, sich aufzurappeln, um nicht länger ein unwürdiges Schauspiel zu bieten. Als Sophie sah, wie ungeschickt sich Köhler abzustützen versuchte, wie sein linker Schuh in einer Bodenmulde stecken blieb und wie er eine der Zaunlatten wie ein Streichholz umknickte, explodierte sie vor Lachen.

Ach, entschuldigen Sie, Herr Köhler, stieß sie mühevoll zwischen den einzelnen Salven hervor, entschuldigen Sie mein ungehöriges Benehmen. Die Schadenfreude liegt in unserer Familie, eine Erblast gewissermaßen, seit Generationen. Bei meiner Mutter ist es viel schlimmer, und meine Schwester und ich mussten stundenlang »Dick & Doof«-Filme mit ihr ansehen, Sie verstehen? Köhler, der inzwischen wieder auf zwei, wenn auch wackligen Beinen stand, schwankte zwischen Empörung und Erheiterung und fand seine Fassung erst wieder, als er sämtliche Notizzettel, die aus seinen Büchern herausgefallen waren, zusammengeklaubt hatte.

Setzen Sie sich zu mir, tröstete Sophie ihn, aber nehmen Sie sich eine neue Liege. Mit der anderen – da haben Sie ganze Arbeit geleistet – ist in diesem Sommer nicht mehr viel anzufangen. Köhler brummte vor sich hin, sofort bereit, der schadenfreudigen Sophie alles zu verzeihen und ihr kunstvoll hochgestecktes Haar zu bewundern, das derart chaotisch wirkte, dass man seinen Aufbau für eine beabsichtigte Frisierleistung hätte halten können.

Sie müssen mich, Frau Hauffe, für einen vertrottelten Wissenschaftler halten, wie sie in Ihren »Dick & Doof«-Filmen oft vorkommen. So eine vergeistigte Type, die ständig die falsche Brille auf der Nase hat, nicht weiß, wie man U-Bahn fährt, eine Scheibe Fleischkäse in kochendes Wasser wirft und sich hinterher wundert, wie geschmacksarm das ausgelaugte Teil schmeckt. Da schätzen Sie mich falsch ein, auch wenn das Schauspiel, das ich Ihnen gerade geboten habe, ein anderes Bild abgibt, das muss ich zugeben. Aber sehen Sie, fuhr Köhler fort, als er sich konfliktlos in einem neuen Liegestuhl niedergelassen hatte, es ist mir sogar gelungen, das heißbegehrte Exemplar der Süddeutschen Zeitung an mich zu bringen. Ich war heute Morgen rechtzeitig im Klavierzimmer, dem hinteren Esssaal, und habe mir das gute Stück geangelt, kaum dass der junge Gruber die frisch eingetroffenen Zeitungen auf dem Flügel drapiert hatte. Zur Empörung dieser Münchnerin – kennen Sie die, so eine mit Maria-Hellwig-Frisurturm und beleidigtem Evelyn-Hamann-Gesichtsausdruck? –, die meint, sie habe ein Erstzugriffsrecht, nur weil sie aus München kommt. Ich werde die Zeitung jetzt extra lange behalten, soll sie sich schwarzärgern, diese Person, die sowieso nur von ihrer in England studierenden Tochter spricht, die am Wochenende zu uns stoßen wird. Das wird so eine Provinzuni sein, na ja, Hauptsache, die Süddeutsche ist die meinige, und wahrscheinlich war ich nur dynamisch vorhin, weil ich mal wieder in den Briefen meiner Charlotte Stieglitz gelesen habe …

Köhler befand sich in seinem Element und kümmerte sich nicht im Geringsten darum, dass Sophie resigniert ihr Buch zuschlug und insgeheim hochrechnete, wie lange sie unter diesen Umständen brauchen würde, um die Romanfiguren kennenzulernen, vom Handlungsfortgang ganz zu schweigen. Sie hörte Köhler mit gespielter Anteilnahme zu, stutzte ein wenig, als er darüber räsonierte, dass Charlotte Stieglitz sich wohl nicht in erster Linie getötet habe, um ihrem Mann, diesem Versager, Inspirationsquelle zu sein, sondern dass sie, das werde er in seiner Arbeit ausführlich darstellen, wohl daran zugrunde gegangen sei, dass sie zu stark geliebt habe, ein zeittypisches Phänomen, gewiss, aber dennoch ein beachtliches, vor allem für uns Heutige, die wir darüber klagen, zu schwach zu lieben. Wie sehen Sie das, liebe Frau Hauffe, wenn ich Sie so direkt fragen darf?

Sophie schaute ihn betreten an, froh darüber, wenigstens den Schlusspart seiner ausschweifenden Rede mitbekommen zu haben. Ach, Herr Köhler, Sie stellen Fragen. Zu stark lieben, zu schwach lieben … ich kann mir im Moment darunter kaum etwas vorstellen. Ist da nicht viel Einbildung im Spiel? Und hängt das nicht davon ab, mit welchen Vorstellungen, mit welchem Vorbild der Eltern man aufgewachsen ist? Sehen Scheidungskinder das genauso wie Nicht-Scheidungskinder? Erinnern Sie sich an »Love Story«, diesen Film, bei dem damals alle Rotz und Wasser geheult haben? Das war der Lieblingsfilm meiner schadenfrohen Mutter, und als elf-, zwölfjähriges Huhn, das gerade frisch in seinen Mathematiklehrer verliebt war, habe ich mir den mindestens fünfmal, mit und ohne Mutter, angesehen. Und auf dieser Grundlage soll man nicht zu viel von der Liebe erwarten? Bei mir hat sich das gelegt, nein, nicht so, dass ich abgebrüht wäre und von Männern nichts mehr erwarten würde, aber ich rede mir nicht ein, nicht liebesfähig zu sein oder Bindungsängste zu haben oder wie man dieses ganze Beziehungszeugs nennt.

Köhler hörte gebannt zu, und Sophie hielt nicht inne, erzählte ihm von Markus, von kleinen erotischen Spielereien, auf die sie sich während des Ehelebens eingelassen habe – nein, nicht am Arbeitsplatz, da habe sie sofort die Notbremse gezogen, wenn sich ihr unansehnliche Impressionismusforscher genähert hätten, um Manets »Frühstück im Freien« mit ihr nachzustellen, im Berliner Tiergarten womöglich, umgeben von zischenden Grills. Eigentlich, zwinkerte sie Köhler zu, sei sie nach Zweikapellen gekommen, um ihr Sexualleben auf Vorderfrau zu bringen. Ein idealer Ort dafür, finden Sie nicht auch? Sie beendete ihren Monolog und deutete hinüber auf die Bergwände, wo sich allmählich ein Nachmittagsgewitter zusammenbraute.

Ich bin beglückt, liebe Frau Hauffe, erwiderte Köhler und quälte sich aus seinem Liegestuhl, dass wir so schnell zueinandergekommen sind, und Ihren hochinteressanten Ausführungen entnehme ich, dass ich nicht in Betracht komme, um ihre Defizite zu beheben. Was mich keineswegs stört, im Gegenteil, ich nähere mich diesen Themen seit Längerem eher theoretisch. Da erspart man sich einiges, und von meiner wilden Vergangenheit erzähle ich Ihnen ein andermal. Köhler strich über seinen Spitzbart und erfreute sich daran, Sophie für einen Moment verblüfft zu haben. Das trauen Sie mir wohl nicht zu, aber glauben Sie mir, meine Körperformen waren früher, sagen wir, vor dreißig Jahren ansehnlicher als heute, und manche Frauen wissen es zu schätzen, wenn Ihnen einer etwas von Romantik und von übergeschnappten Heldinnen der Weltliteratur vorsäuselt.

Darauf, antwortete Sophie, kommen wir zurück, lieber Herr Köhler. Wir haben ja auch eine Liedermacherin unter uns, die vielleicht begierig auf neuen Stoff wartet. Jetzt allerdings sollten wir unsere Panoramasitze aufgeben und uns nach drinnen begeben. Schauen Sie mal nach oben. Gleich schüttet es, und wenn wir Glück haben, erleben wir eines dieser eindrucksvollen Zweikapellen-Gewitter, die zartbesaiteten Frauen sehr zu schaffen machen. Und passen Blitz und Donner nicht wunderbar zu Liebesunwettern? Wahrscheinlich hat sich Ihre Stieglitz seinerzeit während eines meteorologischen Infernos umgebracht. Eine passendere Kulisse könnte ich mir nicht vorstellen. Kommen Sie mit mir, schnappen Sie sich Ihre Zeitung, und beichten Sie Frau Gruber, dass Sie einen der sicher zwanzig Jahren alten Liegestühle komplett zerstört und dadurch meine schlechtesten Charaktereigenschaften zutage gefördert haben!

12

Wie geht diese Redensart noch mal? »Frühstücke wie ein König, iss mittags wie ein Edelmann und abends wie ein Bettler«, oder? Herr Petersen sah einen Moment lang nachdenklich auf seinen Teller und schien ernsthaft zu erwägen, seine Urlaubsessgewohnheiten zu ändern. Wie gut, dass wir uns daran in keiner Weise halten wollen und stattdessen ein kräftiges Rührei zu uns nehmen. Diese dünne Bergluft wirkt auf mich ausgesprochen appetitanregend, obwohl meine Frau behauptet, dass sich dieser Effekt bei mir in gleicher Weise an der Ostsee oder in der Lüneburger Heide einstellen würde. Alles würde mich zur Nahrungsaufnahme stimulieren, und wo meine Annerose recht hat, hat sie recht.

Herr Petersen zögerte nicht länger, die Gabel mit Rührei zum Mund zu führen, seiner Frau, die es längst aufgegeben hatte, auf seinen Leibesumfang hinzuweisen, dabei zuzulächeln und auch Sophie einen Blick zuzuwerfen, der sie anspornen sollte, einen zweiten Gang zum Frühstücksbüfett zu machen. Kurz nach neun war die Veranda bei Sonnenschein bis auf den letzten Platz gefüllt, und wer nicht begriffen hatte, dass es darum ging, es den kinderreichen, zum frühen Aufstehen genötigten Familien gleichzutun und sich bis spätestens halb neun einen der begehrten Plätze zu sichern, der ging leer aus und saß drinnen mit finsterer Miene oder tat so, als würde er ungern im Freien frühstücken. Am besten positionierte man sich an der geschützten Wandseite, wo die über das Giebeldach wandernde Sonne keine Chance hatte, einen zu blenden und den rosa Schinken in ein unansehnliches Grau zu tauchen.

Als Frühaufsteherin fiel es Sophie nicht schwer, sich diesen Rhythmus anzueignen und sich einen Verandaplatz zu sichern. Sie war am Abend zuvor früh zu Bett gegangen. Der unspektakuläre Tag hatte sie mehr angestrengt, als sie gedacht hatte. Und überdies wusste sie sich in ihrem Bett vor allen Störungen sicher und hatte sich, bis ihr die Augen beim Lesen unweigerlich zufielen, in ihren Roman vertieft.

Ein Kunsthistoriker als Hauptfigur! Ob das eine gute Wahl war? Immerhin schrieb der an einer Arbeit über Pierre Bonnard; da wären Sophie weit unangenehmere Studienobjekte eingefallen. In ein englisches Seebad fuhr dieser Mann, in eine Pension, in der er vor Jahrzehnten mit seinen Eltern die Ferien verbracht hatte. Jetzt betrauerte er seine Frau, die nach langer Krankheit gestorben war, und er tat das, ohne sich seine Ehe im Nachhinein schönzureden.

Sophie gefiel, wie sich dieser Roman langsam entwickelte. Die meisten Menschen wollten im Urlaub heitere Bücher mit glücklichem Ausgang lesen oder Thriller, in denen auf jeder zweiten Seite einer tot hinschlug. Sie tauchte lieber in melancholische Geschichten, um mit dem Unglück, das ihr im realen Leben vielleicht bevorstand, besser zurechtzukommen. Sie fühlte sich so gewappneter, obwohl sie im Grunde nicht daran glaubte, jemals in einen Abgrund gezogen zu werden. Selbst jetzt dachte sie nicht ernsthaft, dass sie mit den neuen Lebensumständen nicht zurechtkäme. Klein beizugeben und ihrem Noch-Ehemann das Schauspiel einer unglücklichen Verlassenen zu bieten – das würde ihr nie einfallen.

Sie biss vergnügt in das unwiderstehlich gute Holzofenbrot, das sie mit Marmelade eher beladen als bestrichen hatte, und stimmte Herrn Petersen zu, dass es in Zweikapellen ganz unmöglich sei, abends wie ein Bettler zu essen. Deswegen fahre man schließlich nicht hierher. Petersens hatten sich vorgenommen, sich mit dem Kastner-Taxi zur Gasser-Hütte fahren zu lassen und dann zum Totenkirchl aufzusteigen. Das sei ein machbarer Weg, selbst nach einem opulenten Frühstück. Ob Frau Hauffe sie begleiten wolle? Nein, nein, hatte Sophie abgewiegelt. Sie hatte sich daran gewöhnt, als Alleinreisende von wohlmeinenden Menschen umgeben zu sein, die es für unvorstellbar hielten, dass man mit sich selbst zurechtkam. Nein, sie werde den Sonnentag zum Faulenzen nutzen. Nach dem gestrigen Abend, dessen matter Verlauf sie allerdings ein wenig enttäuscht habe, werde sie nachher zum Schwimmbecken hinuntergehen, in der Hoffnung, dass alle halbwüchsigen Kinder zu einer Wanderung gezwungen und erst am Nachmittag die Schwimmbadstille stören würden. Nach einer ausführlichen Mittagsruhe wolle sie sich die beiden Kirchen ansehen, die die Hausgäste meist vernachlässigten. Dabei sei es mehr als merkwürdig, dass ein so kleiner Flecken nicht mit einer Kapelle ausgekommen sei.

Sophie erinnerte sich an eine Burg in ihrer Heimat, deren zwei Bergfriede mächtig über den Weinbergen thronten. Niemand vermochte die Existenz der beiden Türme befriedigend zu erklären. Zwei Brüder, die in Streit geraten waren, wegen irgendwelcher Besitztümer oder einer schönen Frau? Lokalhistoriker überboten sich in abenteuerlichen Antworten. Die Petersens nickten ihr freundlich zu und schienen für kirchengeschichtliche Probleme kein Interesse aufzubringen, während Sophie Magda ein Zeichen gab und um ein zweites Kännchen Kaffee bat.

Allmählich leerte sich die Veranda. Wer eine größere Wanderung plante, machte sich auf den Weg oder marschierte hinunter zum Sägewerk, wo das Bergtaxi Punkt zehn Uhr seinen Shuttledienst antrat. Sophie löffelte ihr Himbeerjoghurt zu Ende, zufrieden, nicht dem ersten Impuls zum Aufbruch nachgegeben zu haben. Niemand trieb sie zur Eile. In Berlin hätte sie um diese Zeit bereits zwei Dutzend Handgriffe getan und die Zeit genutzt, dies und jenes zu erledigen. Vor halb elf tauchte außer der Kassenfrau und der Museumsaufsicht niemand auf. Es schien akademisch ausgebildeten Menschen schlecht zu Gesicht zu stehen, ihren Dienst früh anzutreten. Wie Doktor Flitner zum Beispiel, der ein paar Monate lang als Gastkurator eine Kabinettausstellung skandinavischer Impressionisten betreut hatte. Mit Leidensmiene hatte er ihr bis ins Kleinste beschrieben, wie er und seine Frau das häusliche Frühstück zelebrierten und ohne einen frisch zubereiteten Obstsalat mit gehackten Walnüssen quasi nicht in der Lage seien, den Arbeitstag zu beginnen. Vor elf zeigte sich Flitner nie im Museum, was den Vorteil mit sich brachte, dass ihm die Zeit bis zum Mittagstisch nicht zu lang wurde. Unweit des Museums gab es einen Steh-Italiener, der für seine gefüllten Nudeln bekannt war und für Flitner, kaum dass er seinen Obstsalat verdaut hatte, einen Stammplatz parat hielt.

Sophie trank aus und hielt im Aufstehen einen Schwatz mit Magda, die Brötchenkrümel und Rühreireste auffegte und für die Mittagseinkehrer eindeckte. Manche Frühstücksteller bogen sich unter nicht aufgegessenen Käsestücken und Schinkenscheiben. Wenigstens war es in Zweikapellen verpönt, nach dem Frühstück das Büfett zu plündern und sich Salamisemmeln als Wegzehrung für den langen Tag zu schmieren. Sophie blieb am Eingang zum Gasthof stehen und betrachtete aus alter Gewohnheit den sorgfältig gerahmten Zeitungsausriss, der stolz von der Eröffnung des Mineralbades Zweikapellen kündete und um Gäste aus Bozen und Brixen warb. Über hundertfünfzig Jahre war das her, und Sophie versuchte, sich vorzustellen, was für Badbesucher es seinerzeit hierher getrieben hatte, die sich mit Wasserkraft von ihren Krankheiten heilen lassen wollten. Wahrscheinlich hatte es damals nicht weniger Sinnsucher als heute gegeben, und wahrscheinlich hatte man es in Zweikapellen trefflich verstanden, die Atmosphäre des abgeschiedenen Fleckens magisch aufzuladen. Ein bisschen funktionierte das bis heute, fand Sophie, wenn auch nicht so prächtig wie im Sonnenhäusl. Gleich gegenüber hing ein schmalerer Rahmen, den die meisten Ortsunkundigen wohl übersahen, obwohl sich darin der dezente Hinweis auf den berühmtesten Zweikapellen-Gast befand. »Es war eine entzückende Einsamkeit, Berg, Wald, Blumen, Wasser, Schlösser, Klöster und keine Menschen … das Abendessen hat dann sehr geschmeckt« – kein Reiseführer, der die verschwiegenen Ecken des Eisacktals beschrieb, ließ es sich entgehen, auf diese Zeilen hinzuweisen, stammten sie doch von Sigmund Freud persönlich. Längere Zeit, so hatte Frau Gruber Sophie erläutert, habe sich dieser zwar nicht in der

Gegend aufgehalten, aber immerhin habe er seine Visite in Zweikapellen brieflich festgehalten, wofür man ihm sehr dankbar sei. Insgeheim, dachte Sophie, schüttelten die Grubers sicher den Kopf über die Ehrfurcht, die die Sigmund-Freud-Zeilen bei vielen auslösten. Der legendäre Psychoanalytiker, der Entdecker des Unbewussten, des Über-Ichs und anderer nebulöser Erscheinungen – zu Gast in Zweikapellen! Wenn das kein Schicksalswink war, kein Hinweis auf höhere seelische Mächte. Und auf Heilung.

13

Wie merkwürdig diese stillen Stunden am späten Nachmittag waren. Vor allem im Winter, wenn es früh dunkelte und bei trübem Wetter um halb vier das Gefühl aufkam, der Tag sei gelaufen und die Nacht nah. »Heure blöd« nannte Sophie diese Übergangsphase, der sie seit Kindertagen ängstlich entgegensah. Wenn sie arbeitete, vermied sie es, zu früh nach Hause zu kommen, und seitdem dort niemand mehr auf sie wartete, fiel es ihr noch leichter, die »blöde Stunde« im Büro oder im Bioladen zu verbringen. Ein paar Alibieinkäufe – viel brauchte sie nicht –, ein Gang zur Reinigung, ein Schwatz beim Türken … und schon war die größte Trübsinnsgefahr gebannt.

Inzwischen hatte sie sich an die freien Tage gewöhnt, und selbst Silvester würde sie überstehen. Das Telefonat mit Felix war zwar nicht so verlaufen, wie sie sich ein Telefonat mit ihrem einzigen Sohn vorstellte, doch mit der Zeit hatte sie es sich abgewöhnt, ihre Erwartungen mit den seinen in Einklang bringen zu wollen. Soweit das einer Mutter möglich war. Immerhin rief sie sich, wenn die Enttäuschung über fehlende Anrufe und Mails überhandnahm, zur Ordnung. Frau Hauffe, reiß dich zusammen, oder willst du wie deine Mutter werden? Eine Aussicht, die sie sofort zur Vernunft kommen ließ, wenngleich sie sich bisweilen wünschte, ihre Mutter würde ihr wie früher zweimal die Woche mit Anrufen – warum meldest du dich nie, Sophie?! – auf die Nerven gehen und darüber wehklagen, dass andere Kinder ihre Eltern regelmäßig besuchten, während Sophie und ihre Familie …

Vor fünf Jahren war Mutter gestorben, von heute auf morgen, ein Schlag, den Sophies Vater nicht verkraftete. Binnen weniger Monate war er in sich zusammengefallen, und hätte sich Sophies Schwester, die wie eh und je im Heimatort lebte, nicht des Vaters angenommen, wäre er seiner Frau alsbald ins Grab gefolgt. Sophie bildete sich ein, Mutters Tonfall immer noch bis in jede Nuance nachahmen zu können. Diese dezente schwäbische Grundierung, diese Mischung aus Stolz und Unsicherheit, dieses umgehende Beleidigtsein aus kleinstem Anlass, dieses unwirsche Aufknallen des Hörers, wenn ein Gespräch nicht so verlief, wie es sich Mutter im Vorhinein ausgemalt hatte. Gut hatten sie beide sich nie verstanden, und wahrscheinlich war es besser, dass sie Sophies Trennung von Markus nicht miterleben musste. Zweifelsohne hätte sie sich auf Markus' Seite geschlagen und ihr alle möglichen Vorwürfe gemacht. Dass sie zu wenig auf Markus' Bedürfnisse eingegangen sei, ihn herumkommandiert und kein Verständnis für seine missliche berufliche Situation aufgebracht habe.

Mühelos hätte Sophie diese Litanei herunterbeten können, nach Jahren. Was willst du ohne deinen Mann anfangen? Meinst du, die Männer warten auf eine Frau Mitte vierzig, die von ihrem Mann verlassen wurde und kein Vermögen hat? Da gibt es in deinem Berlin sicher ganz andere Möglichkeiten für Männer, die eine Frau suchen.

Sophie schlug die Tür zur Besenkammer zu, hatte keine Lust mehr, aufzuräumen und sich Dialoge mit ihrer toten Mutter auszumalen. Mach dir keine Sorgen, Mutti, da oben, ich komme zurecht, und in zwei, drei Jahren erzähle ich dir, wie gut es mir geht, ohne Markus und mit einem Sohn, der spätestens dann merkt, was für eine zupackende Mutter er hat. Und in Berlin werde ich dann nicht mehr leben, jawohl. Sophie schleuderte den Putzlappen in die Ecke, eine Geste, mit der sie in jedem Boulevardstück auf dem Kurfürstendamm hätte auftreten können. Schluss damit, jetzt gibt es ein deutsches Abendbrot, wie es sich gehört, eines, wie es bei ihnen zu Hause auf der Tagesordnung stand, fast jeden Abend. Abends warm zu essen, damit fingen ihre Eltern nichts an, bis heute tat sich ihr Vater schwer, wenn er abends eine warme Mahlzeit zu sich nehmen musste, und betonte, dass seine Verdauung diese schwere Kost nicht verkraften und er deshalb die ganze Nacht kein Auge zutun werde.

Deutsches Abendbrot mit Südtiroler Spezialitäten! Sophie klatschte in die Hände, und eine Essiggurke, die sich zum Auffächern eignet, wird sich irgendwo im Kühlschrank finden, Senf sowieso. Auf Silberzwiebeln würde sie schweren Herzens verzichten müssen, Silberzwiebeln, die in ihrer Kindheit als legitime Alternative zur Essiggurke galten. Ob es die bei »Reichelt« im Sortiment gab? Ein hart gekochtes Ei wäre nicht zu verachten, und feierlich würde sie Stefanos Schinkenstück und den Ortler Käse, der beim Anschneiden so zart bröckelte, in den Mittelpunkt des Tisches rücken. Ein Bier dazu, auch wenn sie nur eine Flasche aus Berliner Produktion im Kühlschrank hatte, womit kein Staat zu machen war. Aber wo sollte sie in Berlin ein Forst-Bier herbekommen? Danach ins Kino, vielleicht hatte ihre Freundin Tina Zeit, und morgen würde sie eine alte Gewohnheit aus ihren ersten Berliner Wochen aufgreifen: in die U-Bahn steigen und Stadtteile aufsuchen, die die meisten Wilmersdorfer und Charlottenburger gerade mal dem Namen nach kannten. Gatow,

Staaken, Köpenick, Hakenfelde – wie leidenschaftlich sie sich damals an den Wochenenden aufgemacht hatte, um die Stadt für sich zu erobern, Stadtteil für Stadtteil. Erst später mit Felix kamen die Klassiker dazu, Spandauer Zitadelle, Pfaueninsel, zu der eine possierliche Fähre einen in nicht einmal zwei Minuten brachte. Wann war sie das letzte Mal im Schwimmbad gewesen? Markus ekelte sich vor dem Chlorgeruch in Hallenbädern und vor den ungeniert ins Wasser pinkelnden Kindern, so wie er im Sommer keinerlei Bedürfnis verspürte, sich zu den Schwimmlustigen an den Wannsee zu legen. Selbst zu einem Ausflug zu den Seen im Umland ließ er sich selten überreden. Einmal hatten sie einen Sonntag am Müggelsee verbracht, und noch Wochen später klagte Markus darüber, wie unwohl er sich da, unter lauten Ostberlinern, gefühlt habe. Darauf musste Sophie keine Rücksicht mehr nehmen. Morgen früh, gleich nach dem Frühstück, würde sie schwimmen, vielleicht sogar saunieren gehen, in der Mecklenburgischen Straße gab es ein Hallenbad. Sich ausstrecken auf einer Liege und überforderten Vätern zusehen, die die Ferientage zu einem Hallenbadvormittag mit ihren lieben Kleinen nutzten.

Aber erst der Schinken, begleitet von unschlüssigen und sehnsüchtigen Gedanken an den Spender, der auf eine Entscheidung wartete. Wenn sie nur wüsste, wie man hieb- und stichfeste Entscheidungen traf.

14

»Merkwürdig, dieses Gefühl von Leichtigkeit heute, wie soll ich sagen, geradezu flirrend.« Diesen Satz nahm Sophie auf, ehe die gellenden Schreie aus dem Schwimmbad hochschwappten. Ob die beiden Geschwister an diesem Vormittag jemals Frieden schließen würden? Sophie klappte ihr Buch zu und beschloss, den Dauerstreit der beiden Mädchen hinzunehmen. Privatgelehrter Köhler hätte ihr vermutlich dazu geraten, lieber im Buch der Natur zu lesen und den phänomenalen Ausblick auf die Dolomiten zu genießen. Das größere der Mädchen reklamierte eine hellblaue Luftmatratze für sich und ließ sich durch nichts davon abbringen, seine Schwester ins Wasser zu schubsen, sobald diese versuchte, ihren zarten Körper auf die Matratze zu schieben. Ich will auch mal. Das ist meine. Ich will auch mal, sonst sage ich Mami Bescheid. Alte blöde Petze, kauf dir selber eine Luftmatratze. So ging das seit einer Viertelstunde hin und her, von den Eltern keine Spur und keinerlei Anlass zu der Hoffnung, dass die Mädchen sich bald zu einer anstrengenden Bergtour aufmachen würden. Für ein Mittagsschläfchen waren sie leider zu alt. Dennoch regte sich Sophie nicht auf. Am Wannsee wäre sie längst aus der Haut gefahren und hätte die Kinder aufgefordert, endlich Ruhe zu geben.

Ein schwacher Windzug strich über die Schwimmbadwiese und das Zehnmeterbecken. Sophie hatte sich in den Kabinen umgezogen, es war Bikinitag, keine Frage, und noch gab es keinen Grund, zum Einteiler zu greifen, noch machte sie *bella figura*, wie ihr Chef mit unverhohlen anzüglichem Unterton zu sagen pflegte. Das schwarz-gelbe Oberteil gewährte genügend Einblick, und das Unterteil bewegte sich im Rahmen des Züchtigen. Schließlich war man nicht an der Copacabana. Wie angenehm, dass die Grubers dieses putzige Badeareal angelegt hatten. Unterhalb der Veranda, vorbei an den flatternden Wäscheteilen, ging es ein kurzes Waldstück hinab, auf dem Weg, der hinunter nach Villanders und Klausen führte. Ein Lattenzaun und der Hinweis »Privatgelände« hielten verschwitzte Wanderer davon ab, einen Zwischenstopp einzulegen, um ein erfrischendes Bad zu nehmen. Die Wiese bot Platz genug für ein gutes Dutzend Gäste. Eine Holzumrandung säumte das Becken, und wahrscheinlich, dachte Sophie, als sie mit der Handfläche über die rauen Planken strich, würde manches Kind, das sich nackt darauf niederließ, alsbald spitz aufschreien und über Holzspreißel im Po jammern. Die besorgte Mutter würde den lädierten Hintern ausführlich würdigen, einen Gang zur Apotheke nach Barbian unternehmen oder unter den Gästen einen vertrauenswürdigen Arzt ausfindig machen, der – wenn die Pinzette nicht half – zu geeigneten Tinkturen riet. Was wäre ein Urlaub mit Kindern ohne tägliche Gefahrenmeldungen, ohne verstauchte Knöchel, blutige Knie, unauffindbare Spielsachen oder schlechtes Benehmen am Esstisch. Erst im Nachhinein rückte das in ein schummriges, freundliches Licht, und Sophie erinnerte sich vage an Familienurlaube, an portugiesische und griechische Strände, als Felix auf Stockfisch oder öltriefende Moussaka umgehend mit Brechanfällen reagiert, Markus sich darüber ereifert und Sophie mit dem übel riechenden Sohn im Schlepptau die Taverne eiligst verlassen hatte. Wie lang ein Menschenkind brauchte, um laufen und manierlich essen zu lernen. Ein Aufwand sondergleichen, und einer, über den sich Sophie nie beklagt hatte. Bei den Tieren ging das schneller. Und wenn die Kinder dann endlich groß waren, empfand man Trauer darüber, dass sie nicht mehr klein waren.

Es würde ein ungewöhnlich heißer Tag werden. Sophie schlug, sobald sie Bikini trug, eine langsamere Gangart an. Wahrscheinlich würden Videoaufnahmen, die natürlich keiner machte, zeigen, dass sie sich dann aufrechter hielt und das Kreuz vorbildlich durchdrückte. Für ein Shooting mit Helmut Newton hätte das nicht gereicht, aber immerhin. Sie schlenderte zum Beckenrand, sah sich um. Zwei Gäste verteilten sich auf der Wiese, hatten möglichst weit voneinander entfernte Plätze in Beschlag genommen, darunter ein Mann, der sich bäuchlings auf seiner Liege ausstreckte und eine Tageszeitung las, die er auf dem Rasen vor sich ausbreitete. Was für ein komisches Bild. Ob er sich genierte, seinen Trommelbauch in die Luft zu strecken? So federte sein ausladendes Gesäß jedes Mal in die Höhe, wenn er eine Seite umschlug. Bequem konnte das unmöglich sein, aber er schien bei dieser Lektüremethode Routine entwickelt zu haben und störte sich nicht an amüsierten Blicken. Mit Sicherheit ein erfahrener Zweikapellen-Gast, der sich längst davon verabschiedet hatte, Ansichten und Meinungen anderer Bedeutung beizumessen.

Wie unterschiedlich Männerbäuche aussahen. Manche blähten sich auf wie Ballons, manche sahen wie aufgeplusterte Sofakissen aus, und bei manchen hatte die Schwerkraft solche Siege errungen, dass das Ergebnis für ein öffentliches Zurschaustellen nicht infrage kam. Wenigstens setzte das gepflegte Bergpublikum auf Dezenz, und der lesende Schmerbauchträger trug eher zur Erheiterung als zur ästhetischen Verstimmung bei. Hätte Sophie als Malerin über karikaturistisches Talent verfügt, wäre der Mann ihr Mann gewesen.

Sie stieg ins Wasser, eine Zehenspitze voraus. Noch ließ einen die Kälte zusammenzucken; es dauerte bis zum Nachmittag, ehe sich das Wasser aufgeheizt hatte. Sophie tat zwei kräftige Züge, umkreiste die bedrohlich schwankende Luftmatratze und hätte vor Freude jubeln können. Auf der einen Seite die Berggipfel, von winzigen Wolken umkränzt, auf der anderen die beruhigende Hotelfassade, die an keinem anderen Platz hätte stehen können. Wenn jetzt die Bremsen ausblieben, diese lästigen Angreifer, die sich vom Wasser angezogen fühlten, sich im Nu auf der Haut festsetzten, zustachen und hässliche Quaddeln hinterließen, die zum Glück nach wenigen Stunden verschwanden. Aber die Bremsen würden Sophie keine Schonfrist einräumen und ihr süßes Blut freudig aufsaugen. Doch zeigte sich die Schönheit des Paradieses nicht an seinen kleinen Makeln?, dachte Sophie und blickte auf ihre Oberarme, die ihr weniger straff als früher erschienen. Zweikapellen ohne Bremsen, das wäre zu schön.

Sophie rückte ihren Liegestuhl zurecht, um das optimale Panorama und nicht den Bauchleser vor Augen zu haben. Sie hatte den Badeanzug gewechselt – eine Blasenentzündung im Urlaub galt es unbedingt zu vermeiden –

und sich sorgfältig eingecremt. Sonnenschutzfaktor 20, das reichte, auch wenn alle Freundinnen sie vor den gefährlichen Strahlungen in den Bergen und einem Sonnenbrand warnten. Übertrieben erschien ihr das, wie es ihr überhaupt vorkam, dass die meisten ihrer Bekannten verweichlichte Angsthasen geworden waren und jede Veränderung als Alarmzeichen nahmen, das dazu aufrief, sich umfassend zu schützen und abzusichern. Sophie hatte beschlossen, nicht mehr auf jede Schreckensmeldung zu reagieren und sich nicht mehr als einmal im Monat Sorgen zu machen. Da lebten sie und ihre Freunde im besten Berliner Komfort, und jedes zweite Gespräch kreiste um Allergien, Unverträglichkeiten, Klimaveränderung, Handystrahlung oder Tierseuchen.

Sophie merkte, dass ihr Unwillen darüber in letzter Zeit gewachsen war, dass sie zwar keine Neigung verspürte, sich die Welt schönzureden, aber auch nicht bereit war, sich tagein, tagaus den Kopf mit Horrormeldungen anzufüllen. Faktor 20, basta! Als Kind, im Weinsberger Schwimmbad, war man selbst bei größter Hitze mit Schutzfaktor 5 ausgekommen, während sich die Kosmetikproduzenten heutzutage an der Sonnenphobie dumm und dämlich verdienten.

Über solch tiefgründiger Kapitalismuskritik nickte Sophie langsam ein. Nur einen Moment lang wollte sie die Augen schließen, nach dem anstrengenden Frühstück und der famosen Schwimmleistung, nur einen kurzen Moment, doch der zog sich in die Länge, und als Sophie eine halbe Stunde später erwachte, hatten sich die lärmenden Mädchen irgendwohin verabschiedet, und der Zeitungsleser stand am Beckenrand und machte gymnastische Übungen, die überraschend gelenkig aussahen. Vermutlich verfolgte er ein präzise ausgetüfteltes Morgenprogramm, das alsbald in einem mutigen Sprung ins Schwimmbecken kulminieren würde. Sophie stellte sich vor, wie der Mann auf dem Wasser aufschlug und keine Hemmungen hatte, seine Lebensfreude in lauten Juchzern herauszuschreien. So hatte der vermutlich schon als Kind geplanscht, und wer über genügend Souveränität und Selbstbewusstsein verfügte, ließ es sich nicht nehmen, auch als Erwachsener mit Bauchplatschern Aufmerksamkeit zu erregen. Die Urlaubszeit förderte Regressionen, dachte Sophie und folgte den Rumpfbeugen des Mannes dennoch mit Wohlwollen.

Wie spät war es? Die Holzpforte zur Badewiese öffnete sich. Frau Haselberger winkte Sophie mit einem Handtuch zu und machte ein enttäuschtes Gesicht, als sich Sophie anschickte, sich umzukleiden und ihr erstes Sonnenbad zu beenden.

Sie sind aber früh unterwegs! Da könnten Sie sich mit meinem Mann, diesem unruhigen Geist, zusammentun. Der läuft seit dem frühen Morgen auf Hochtouren. Was bin ich froh, dass er sich in den Ort zum Gemischtwarenladen aufgemacht hat, weil ihm irgendetwas fehlt, fragen Sie mich nicht, was. Oder er besichtigt den schiefen Turm von Barbian, zum zwanzigsten Mal.

Frau Haselberger nahm Sophies Angebot, ihre Liege zu übernehmen, an, und Sophie verabschiedete sich eilig mit einem »Bis später!«. Für weitschweifige Unterhaltungen war sie noch nicht zu haben; sie zog sich rasch um – ein kurzer Jeansrock und ein luftiges Top, das sie im Museum nie getragen hätte – und beschloss, sich im Pichlerhof die Kapellenschlüssel zu holen.

Auf der leicht abschüssigen Wiese zwischen den beiden Pensionen wartete eine Tischtennisplatte auf spielfreudige Gäste. Ein konfus bellender Berner Sennenhund schnüffelte an der Netzaufhängung und schien zu überlegen, ob er sie kurzerhand herunterreißen sollte. Seine Besitzer, ein Wandererpaar, das aus dem Waldstück heraustrat, pfiff ihn in letzter Sekunde zurück und versuchte, Sophie zu ignorieren, die die Szene verfolgt hatte. Der Pichlerhof machte schon wieder einen verwaisten Eindruck, obwohl er sich in der Ferienzeit nicht über mangelnde Pensionsgäste beklagen konnte. Die Besitzerin – hießen die Leute überhaupt Pichler? – spannte einen Sonnenschirm auf und begrüßte Sophie, ohne übergroße Freundlichkeit an den Tag zu legen. Die Kirchenschlüssel wollen S' haben? Ein junger Mann ist schon drüben, hat sie vor ein paar Minuten geholt. Der lässt sie sicher rein.

Sophie bedankte sich, ging das kurze Stück zurück zu den spitzgiebeligen Kirchen, die sich an das Hotel und seinen Hintereingang schmiegten. Von manchen Zimmern hatte man sie unmittelbar im Blick und sah direkt auf eine Wandmalerei mit einer groß geratenen St.-Christophorus-Figur, die allen Wanderern gute Wünsche mit auf den Weg gab. Der heiligen Gertraud und dem heiligen Nikolaus waren die Kapellen geweiht, und dem Faltprospekt, der im Hotel auslag, hatte Sophie entnommen, dass bis heute keine Klarheit darüber herrschte, warum man an diesem Flecken gleich zwei Kirchen erbaut hatte, irgendwann im Mittelalter. Eine hätte es auch getan, dachte Sophie und stellte fest, dass sie in Berlin nie einen Schritt in Kirchen setzte. Von der Gedächtniskirche abgesehen, aber die zählte nicht. Was es mit dieser Gertraud auf sich hatte, wusste Sophie nicht. Mit Heiligen kannte sie sich schlecht aus. Mit Mäusen hatte Gertraud etwas zu tun … Sophie meinte sich zu erinnern, dass die gute Frau Abhilfe bei einer Mäuseplage geschaffen hatte, was nicht die schlechteste Voraussetzung war, eine Kirche für sie zu bauen, um unerwünschte Nager von Haus und Hof fernzuhalten.

Sophie rückte ihren Rock zurecht und drückte die Klinke zur Gertraudskapelle vorsichtig herunter. Sie brauchte ein paar Sekunden, ehe sie sich im Halbdunkel des winzigen Kirchenschiffs zurechtfand. Ein Chorgemälde zeigte sechs Apostel, und eine zierliche Statue bildete eine rot gewandete Frauenfigur nach, die eine Spindel und eine Schale in den Händen hielt. Ihre Augen schauten ins Leere, vielleicht lag es am spärlichen Lichteinfall, dass Sophie ihr keinen Gesichtsausdruck zuschreiben konnte. In der hintersten Bankreihe saß ein Mann, der sich durch das Ächzen der Türangel nicht hatte aufschrecken lassen und Sophie keines Blickes würdigte. Ein kräftiger Mann war das mit dunklen Haaren, die in alle Richtungen abstanden. Ihm hatte die Pichlerwirtin sicher die Schlüssel gegeben. Sophie bewegte sich zwei Schritte nach vorne, trat fester als nötig auf, um sich bemerkbar zu machen.

Wie in Zeitlupe wandte der Mann sich um und sah Sophie durchdringend, fast einschüchternd an. Suchen Sie Andacht?, flüsterte er. Dann setzen Sie sich zu mir. Sophie regte sich nicht. Sie erkannte ihn wieder, obwohl es heute kaum heller war als vorgestern, als sie ihn zum ersten Mal gesehen hatte, abends, im Streit mit dem jungen Gruber. Sie schaute ihm fest in die Augen. Warum nicht?, antwortete sie. Und wenn Sie kunsthistorisch beschlagen sind, erklären Sie mir, was es mit der roten Frau auf sich hat. Wissen Sie, warum Sie eine Spindel – das ist doch eine, oder? – in der Hand hält?

Sophie setzte sich neben ihn und blickte ihn herausfordernd an. Er fuhr sich mit den Fingern durch die Haare und strich über seinen Bart, der so geschickt gestutzt war, dass er weder einen gepflegten noch einen zerzausten Eindruck machte. Wer war dieser Mann?

15

Artischockengröstl als Vorspeise, Wiener Schnitzel als Hauptgang. Schon am Nachmittag sah man den Gästen an, dass sie das Abendessen herbeisehnten. Obwohl, wie Sophie fand, die Vegetarierquote recht hoch lag und manche unerschrocken zu panierten Kohlrabi oder Spinatflammeri griffen. Beim Schnitzel jedoch brachen die dicksten Abwehrwälle, und Sophie freute sich auf den Anblick, den ihr einige der sonst so zurückhaltenden Damen beim Abendessen bieten würden, wenn sich diese hemmungslos über die hauchdünnen Schnitzelteile hermachen und selbst die reichlich mit Speckwürfeln durchsetzten Bratkartoffeln nicht verschmähen würden. Vom Nachmittagskuchen – Kirschstreusel mit Sahne – hielten sich an diesen Tagen fast alle fern, als würde es einen unfeinen Eindruck machen, sich so selbstvergessen der Völlerei hinzugeben.

Sophie setzte sich auf die Holzbänke an der Steinmauer, zog die Beine an, als säße sie in ihrem Berliner Lieblingssessel. Ohne Sonnenschirm wäre es zu heiß. Sie bestellte eine Kanne grünen Tee. Maria, die junge Serviertochter, zog enttäuscht von dannen, als sich Sophie nicht zu einem Apfelstrudel oder einer Linzer Torte überreden ließ. Linzer Torte – das fehlte noch, diese übersüße Spezialität ihrer Mutter, die es früher jeden zweiten Sonntag zum Kaffee gab, sofern Vater sich nicht mit seinem Wunsch nach einer Biskuitrolle durchsetzte, die damals mit Erdbeermarmelade und nicht mit Schokosahne gefüllt war.

Ein andermal, Maria, sonst gehe ich wie eine Dampfnudel auf, und kein fescher Südtiroler schaut mich mehr an. Ein bisschen Disziplin will ich im Urlaub halten. So gertenschlank wie Sie werde ich sowieso nicht mehr. Maria senkte schüchtern den Kopf und lächelte verlegen. Es war ihr erster Sommer in Zweikapellen, und sie tat sich schwer, mit den unterschiedlichen Gästen und deren Eigenarten zurechtzukommen. Magda und Richard hatten ihr kollegiale Ratschläge gegeben, und auch Frau Gruber zögerte nicht, dem Mädchen, das aus Kollmann, einem Nachbardorf, stammte, Tipps zu geben, wenn es darum ging, Liedermacherinnen auf dem absteigenden Ast oder essfreudige Lehrerehepaare bei Laune zu halten. Maria war ungefähr so alt wie Felix und lebte ganz anders, dachte Sophie und griff unwillkürlich nach ihrem Mobiltelefon. Wieder keine Nachricht von ihm, dafür eine von einer Museumskollegin, mit der sie sich ab und zu privat traf. Sei froh, dass du weg bist, schrieb sie, ich erspare dir Einzelheiten – und dazu ein paar Icons, deren Sinn Sophie nur erahnte.

Vor sechs Jahren hatte kaum einer in Zweikapellen sein Handy offen zur Schau getragen. Peinlich wäre das gewesen, da man darauf Wert legte, unabhängig zu sein, auch von technischen Neuerungen. Keiner hätte es gewagt, den jungen Gruber nach einem Internetanschluss zu fragen. Das verändert die Leut', hatte Frau Gruber gestern zu ihr gesagt, schauen Sie sich auf der Veranda um, wie viele ihr Handy oder diese kleinen Computer auf dem Tisch liegen haben und alle Viertelstunde aufs Display schielen. Ja, da hatte sie recht, und womöglich würde bald einer sogar beim Abendessen vergessen, sein Handy auf stumm zu schalten, sodass beim Tafelspitz melodische Klingeltöne – in Zweikapellen dominierten unüberhörbar Klassikschnipsel – die Tischgespräche unterbrachen. Vor allem vor und nach dem Abendessen ließ sich gut beobachten, wie Mails abgefragt und Internetseiten besucht wurden. Selbst Herr Petersen stand mit seinen Mitarbeitern in Mailkontakt, wie er nicht ohne Stolz vermerkte, und ließ sich über Lagerbestände und Nachbestellungen informieren. Sophie war zufrieden mit sich und ihrer Enthaltsamkeit, ein paar Kurznachrichten und Anrufe, mehr gestand sie sich nicht zu. Außerdem fürchtete sie die horrenden Gebühren, die anfielen, wenn sie eine falsche Taste auf ihrem Handy drückte.

Maria brachte den Tee, garniert mit zwei Keksen, einer mehr als üblich, und freute sich offensichtlich, eine Verbündete unter den Gästen gefunden zu haben. Sophie versuchte vergeblich, sich auf ihren Zeichenblock zu konzentrieren. Sie wollte die Kastanie skizzieren, mit und ohne turnende Kinder, und sah einem blonden Jungen zu, der seit einer halben Stunde die Welt um sich herum vergaß und winzige bunte Legosteine zu komplizierten Burgen und Verliesen zusammenbaute. Manchmal nahm er seine Zähne zu Hilfe, um ein besonders fest sitzendes Teil zu lösen. Keine vorbeilaufenden Hunde, keine Gäste, die sich lautstark begrüßten, störten ihn in seiner Konzentration. Er hatte die Ruhe weg … ein Ausdruck, den Sophie in ihrem Kopf kreisen ließ. Die Ruhe weg haben … das klang gut, ob sie das je von sich selbst sagen könnte? Obwohl ihre Freundinnen betonten, dass sie Sophie um ihre Gelassenheit beneideten – eine Einschätzung, die sie nicht verstand und die ihr bestätigte, wie stark Eigen- und Fremdwahrnehmung bei den Menschen auseinanderklafften.

Von der Veranda bewegte sich Pia Kremm mit festen Schritten auf Sophie zu, im Schlepptau ihren Begleiter, der eine ausladende Fotoausrüstung schulterte. Offenkundig litt das Beziehungsklima unter einem akuten Frosteinbruch, und Pia Kremm, die Sophie kaum mit einer Handbewegung als Gruß würdigte, klagte darüber, dass der junge Gruber ihr einen Auftritt verwehrt habe, mit neuen Liedern, als Premiere sozusagen! Sophie zuckte bei der Vorstellung, einem intimen Konzert Pia Kremms zuhören zu müssen, zusammen. Ein Glück, dass die Grubers hart geblieben waren, ansonsten hätte sich Privatgelehrter Köhler alsbald anerboten, ein ausschweifendes Referat über diese Stieglitz und ihre Liebesideale zu halten. Und auch Lehrer Haselberger würde fraglos etwas Fesselndes einfallen. Ja, recht besehen hätte sogar Sophie etwas zum kulturellen Begleitprogramm – das es schönerweise nicht gab – in Zweikapellen beizutragen, kunstgeschichtliche Betrachtungen oder einen Kurzlehrgang in innovativer Porträtmalerei. Einige Wortfetzen – »Ignoranz« und »Kulturbanausen« – schwebten herüber, ehe die Kremms den Weg Richtung Sonnenhäusl einschlugen, bestrebt, ihre Frustration in der freien Natur abzubauen.

Sophie schaute ihnen nach und dachte an Stefano. Noch nie hatte sie einen Mann in einer Kirche kennengelernt, andere machten Blind Dates im Chat aus, und sie traf auf einen Mann, einen merkwürdigen Mann, in der hintersten Bank einer Südtiroler Kapelle. Höchstens zehn Minuten lang hatten sie sich unterhalten, bis sie von einer Gruppe gestört wurden, die ihre Tour mit einem baugeschichtlichen Exkurs unterbrach. Stefano und Sophie verabschiedeten sich hastig voneinander; mit einem »Wir sehen uns sicher bald wieder« bog er auf den Pfad nach Villanders ab. Ohne sich umzusehen. Sophie schaute ihm nach, verwundert darüber, wie sie das kurze Gespräch mit diesem Fremden aufgewühlt hatte.

Sophie schloss die Augen, als würde sie intensiv die letzten Sonnenstrahlen des Tages genießen. Doch sie dachte an die Mittagsbegegnung, rief sich jeden Satz in Erinnerung, Sätze, die mit den architektonischen Besonderheiten der Gertraudskapelle nicht das Geringste zu tun hatten. Er heiße Stefano und sei Südtiroler, aus Eppan eigentlich, doch seit drei Jahren lebe er in Villanders. Eine Tante, die Schwester seiner Mutter, habe dort ein verwinkeltes, baufälliges Häuschen besessen, das sie ihm vererbt habe. Eine Weile habe er überlegt, ob es eine gute Idee wäre, die Wohnung in Bozen aufzugeben. Aber er sei damals ungebunden gewesen, sodass er mit Freunden angefangen habe, den Hof zu renovieren, Schritt für Schritt, und schließlich habe er sich entschieden, nach Villanders – Flonders, sagten die Einheimischen – überzusiedeln. Auch wenn man ihn bis heute schräg anschaue, als einen, der keiner geregelten Arbeit nachgehe und trotzdem ein Auskommen habe. Aber mittlerweile hätten sich die meisten – kaum zweitausend Menschen lebten in Villanders – an ihn gewöhnt, er sei viel unterwegs, und im Sommer seien ohnehin alle mit den sonnenhungrigen Touristen beschäftigt. Da gebe es größere Attraktionen, da falle er nicht auf.

Mit fester, leiser Stimme hatte Stefano auf sie eingeredet, ohne Aufdringlichkeit. Ein paar Jahre jünger als sie mochte er sein, überlegte sich Sophie, als sie ihm zuhörte und seinen Nacken anstarrte, seinen karierten Hemdkragen, seinen buschigen Haaransatz. Wie ausführlich er ihre Frage, ob er aus der Gegend komme, beantwortete, und wie wenig es ihn störte, dass sie von Aposteln, Marien und Heiligen beobachtet wurden. Sonntags werde in Zweikapellen Gottesdienst abgehalten und hin und wieder eine Heilige Messe. Und in der Hochsaison gebe es Wallfahrten von Barbian aus. Ende Juli sei Christophorus-Sonntag, dem Schutzpatron derer, die unterwegs seien, gewidmet. Aber so lange werde sie kaum bleiben. Er hatte sie angesehen, vielleicht mit einem Lächeln, das sich zwischen seinem Bart breitmachte. Ganz sicher war sich Sophie nicht.

Um ihm nicht das Gefühl zu geben, allein für die Unterhaltung zuständig zu sein, begann sie zögernd von sich zu erzählen. Zum zweiten Mal verbringe sie die Ferien in Zweikapellen, diesmal allein, einen Zusatz, den sie, kaum war er ausgesprochen, bereute. Was sollte er von ihr denken? Hatte er nicht angemerkt, er sei ungebunden gewesen, damals, als er in Bozen lebte? Sophie verhaspelte sich, wollte unverfänglich die Schönheit der Gegend rühmen, hielt inne, weil es lächerlich war, einem, der hier lebte, einem Südtiroler, von seiner Heimat vorzuschwärmen. Obwohl er das vielleicht anders sah. Stattdessen erwähnte sie ihr kleines Berliner Museum, ohne ihre eigenen malerischen Aktivitäten einfließen zu lassen. Wie albern das klänge … Museumsfrau, die malt … Da könnte sie gleich wie Pia Kremm anfangen, selbst geschriebene Lieder zu singen und Fernsehauftritte aus der Vorkriegszeit heraufzubeschwören.

Dann schwiegen beide. Sophie brach ihren letzten Satz ab, während Stefano die rote Frau in den Blick nahm. Warum unsere Gertraud eine Spindel in der Hand hält, wollen Sie wissen? Ganz einfach, das hat mit den Schicksalsgöttinnen zu tun, mit der Erinnerung an den Lebensfaden, den Gertraud für uns spinnt. Sie misst ihn ab, und sie teilt ihn uns zu. Was wir meistens erst merken, wenn es zu spät ist.

Sophie begann zu frösteln, es brauchte lange, bis sich die Kirchenmauern aufwärmten, und der Stoff ihres Tops reichte nicht, um der Kühle zu trotzen. Ehe sie Stefano antworten konnte, ging die Tür quietschend auf, und die Wandergruppe trat geräuschvoll ein. Sophie und Stefano zuckten zusammen, als seien sie ertappt worden … Sie schlichen sich nach draußen, würdigten den zu Erklärungen ansetzenden Anführer der Gruppe keines Blickes. Sophie fasste sich ein Herz und hielt Stefano an seinem Flanellhemd fest. Ob er Lust habe, mit ihr einen Kaffee zu trinken, im Gasthof. Er schüttelte den Kopf. Bei den Grubers? Nein, da lasse ich mich im Moment besser nicht sehen. Der junge Gruber ist ein Guter, keine Frage, er und seine Vorfahren haben das Beste aus Zweikapellen gemacht und allen die Stirn gezeigt, die Autofahrstraßen geplant haben, eine touristische Vollerschließung gewissermaßen. Aber zurzeit wolle er sich da nicht zeigen. Warum? Das erkläre ich Ihnen beim nächsten Mal, wenn wir uns am Rittner Horn oder am Wasserfall treffen.

Mehr hatte Sophie nicht von ihm erfahren. Sie öffnete die Augen wieder, eine dunkelgraue Wolke schob sich vor die Sonne, und ihr Nachbar, der eifrige Legobauer, kehrte ins Haus zurück. Am Ende der Auffahrt stand ein Sauerkirschbaum, an dem eine wacklige Leiter lehnte. Sophie freute sich auf das Abendessen. Wie angenehm es wäre, wenn dieser Stefano überraschend auftauchen würde. Und wie unwahrscheinlich das war.

16

Ich lade Sie heute auf einen echten Gebirgsroten ein, eine Cuvée aus Villanders, hatte Köhler ausgerufen, kaum dass sich Sophie, Punkt halb acht, der Tafel näherte. Wer wie ich heute ein halbes Kapitel gelehrtester Prosa zu Papier gebracht hat, der soll abends trinken, am besten mit schönen Frauen. Köhlers Blick nahm komisch-verschwörerische Züge an, und er raunte Sophie zu, dass er natürlich sie, Sophie Hauffe, meine. Von den Damen Haselberger und Petersen sei ja noch nichts zu sehen, weshalb er offen sprechen könne. Selbstverständlich werde er aber, das sei er der Erziehung seiner Mutter schuldig, auch diesen geschätzten Frauen ein Glas kredenzen.

Sophie gab sich erleichtert, wissend, dass Köhler zu jenen älteren Herren zählte, die von Natur aus ihren leicht angestaubten Charme sprühen ließen, ohne in Erwägung zu ziehen, dass sich aus ihren Komplimenten Folgen, womöglich dezente erotische Verwicklungen, ergeben könnten. Irgendwann, vermutlich würde er Sophie davon in den kommenden Tagen erzählen, hatte er sein aktives Liebesleben ad acta gelegt und sich – war das nicht ein typisch Freud'scher und deshalb gut nach Zweikapellen passender Gedanke? – auf die theoretische Betrachtung des Phänomens gestürzt. Wie erschrocken er wohl reagieren würde, wenn Sophie plötzlich ihre Hand auf seinen Arm gelegt und ihm ein paar Sekunden länger als üblich in die Augen gesehen hätte?

Der Rotwein aus Villanders, den hatte Köhler auf jeden Fall gut ausgewählt, und Sophie nahm es als Omen – aber für was nur? –, dass der Ort, an dem ihre Kirchenbekanntschaft Stefano – warum fiel ihr sein Nachname nicht mehr ein? – lebte, sich so in die Unterhaltung einschlich. Ob es sich lohne, nach Villanders und weiter nach Klausen zu wandern, fragte sie und genoss es, den Ortsnamen Villanders langsam auszusprechen. Vielleicht, fügte sie hinzu, gebe es in Villanders Bedeutsames zu sehen, mittelalterliche Marienfiguren oder historische Kellereien? Noch ehe Köhler antwortete, mischte sich der mittlerweile mit seiner Gattin und den Petersens eingetroffene Lehrer Haselberger ein, der, wie er betonte, heute Morgen in Barbian einen Rasierpinsel erstanden habe, wie man ihn anderswo gar nicht mehr bekomme. Echtes Dachshaar, in unglaublich abwechslungsreicher, schattierter Färbung. Seine Frau rollte mit den Augen, eine eingeübte Reaktion, die Missfallen und zugleich ein Sich-selbst-und-ihn-nicht-ernst-Nehmen signalisierte.

Wolltest du, Peter, statt den Inhalt deines Waschbeutels vor uns auszubreiten, Frau Hauffe nicht von den Sehenswürdigkeiten in Villanders erzählen? Ja, vor allem vom Friedhof in Villanders, fiel ihr Köhler ins Wort, das ist eine Kuriosität, eine anrührende. Ja, da haben Sie … Haselbergers Einwurf verpuffte, denn Köhler erhob in seiner nicht einzudämmenden guten Laune das Glas und ließ zum fünften Mal Charlotte Stieglitz hochleben, die es in Zweikapellen mittlerweile zu einem Bekanntheitsgrad gebracht hatte, der den von Sigmund Freud und allen anderen berühmten Pensionsgästen in den Schatten stellte. Auf die arme Charlotte, der es unter uns sicher gefallen hätte, vor allem wenn ihr eitler Mann zu Hause in Berlin geblieben wäre. Man stelle sich vor, als einen Adler, der auf dem höchsten Parnass horste, hat sie ihn anfangs bezeichnet. Erstaunlich, wozu sich Frauen im Überschwang hinreißen lassen.

Horste?, kam es vom anderen Tischende zurück, wo Petersen unsicher war, ob er Köhlers Toast richtig verstanden habe. Niemand antwortete ihm, und alle ließen sich den Rotwein schmecken. Haselberger schien ihn zu kauen und verzog das Gesicht, als habe er erst vor Kurzem im Fernsehen die Dokumentation einer professionellen Weinverkostung gesehen. Erlauben Sie mir ein kurzes Zitat aus dem überschaubaren Werk meiner Stieglitzin. Ich möchte Sie nicht langweilen, aber mir ist daran gelegen, Sie an den Erträgen meiner nachmittäglichen Forschungen teilhaben zu lassen. Sie hat ja wenig geschrieben und dummerweise darauf gewartet, dass ihrem Göttergatten, der sich für Lord Byron hielt, anständige Gedichte einfielen, aber diese Verse sind ihr recht gut gelungen. Hören Sie. Köhler, geübt darin, Ahnungslose mit lyrischen Schätzen zu beglücken, fing zu deklamieren an, nicht nur eine Spur zu laut, dafür mit besonders großer Inbrunst: »Schweigen fordert Deine Nähe, / Und ich bin ein tändelnd Kind; / Wenn ich Dir ins Auge sehe, / Weiß ich noch, was Schmerzen sind.«

Frau Petersen wollte Köhler für seinen Vortrag applaudieren, doch ein kaum unterdrückter »Annerose!«-Zuruf ihres Mannes hielt sie davon ab. Ehe Köhler eine Interpretation des Vorgetragenen geben konnte, wurden die mit großem Hallo und noch größerer Erleichterung begrüßten Schnitzelplatten aufgetragen. Köhler nahm wohl oder übel Platz, seine Stimmung hatte sich durch diese Unterbrechung nicht verdüstert, aber merklich eingetrübt. Daran änderte sich nichts, als Petersen ohne erkennbaren Anlass davon anfing, die Qualität französischer Messer zu loben. Wann immer ein Kunde seinen Laden betrete und nach einem Messer verlange, das in der Lage sei, ein daumendickes Rindersteak wie Butter zu zerteilen, empfehle er französische Ware. Wer sein Fleisch wie die Franzosen blutig, ja, roh esse, brauche geeignetes Werkzeug. Was bei diesem – vorzüglichen – Wiener Schnitzel nicht nötig sei. Bei den letzten Worten wurde er leiser, als habe er Schwierigkeiten, sich darauf zu besinnen, wie seine Rede auf scharfe Messer gekommen sei. Und damit erging es ihm nicht besser als seinen Tischkompagnons, die ihn verdutzt ansahen und auf das Eingreifen seiner Frau Annerose hofften.

Sophie wartete darauf, dass Haselbergers ihren Beitrag zur Konfusion leisteten und Lehrerzimmeranekdoten zum Besten gäben. Doch mehr als ein »Diese Stieglitz und ihr Mann, das erinnert an Heinrich von Kleist« kam von dieser Seite nicht; zu groß war die Konzentration, die plattierten Schnitzelstücke zu vertilgen und dabei keinen zu begierigen Eindruck zu machen. Sophie, die überlegte, ob sie Richard nach einem Schälchen Preiselbeeren fragen sollte, nutzte die Gelegenheit und appellierte an Köhlers regionale Kenntnisse. Er könne ihr sicher etwas von diesem Maler erzählen, der das Sonnenhäusl erbaut habe. Haselbergers hätten ihr von ihm berichtet. Es gebe ja einige architektonisch ungewöhnliche Häuser in der Gegend, oder?

Froh darüber, sich keine Gedanken über die Sezierfähigkeit französischer Messer machen zu müssen, nahm Köhler, der gerade überlegt hatte, ob er Richard um Sardellenfilets als Schnitzelbeigabe bitten sollte, Sophies Ball auf und setzte zu einem Exkurs an, der auf deutlich größeres Interesse als der zum Liebesleben im Hause Stieglitz stieß. Ja, so Köhler, das sei eine Merkwürdigkeit, die Fruchtbarkeit der Familie Settari, deren Geschlecht die Region dominiere. Über ein Dutzend Kinder, wenn er sich recht entsinne, habe Johanna Settari ihrem Mann geschenkt, und immer wenn es wieder so weit war, habe dieser für den frischen Nachwuchs ein Stück Land gekauft und ein Haus bauen lassen, und da das Settari-Gebiet größer als Ben Cartwrights Ponderosa sei, gebe es zahllose Settari-Häuser, an denen sich die Wanderer erfreuen könnten. Das Haus Mimi zum Beispiel, das habe Sophie sicher bemerkt, zähle dazu, erbaut von einem Lois Welzenbacher, der zum Clan der Settari gehört habe, angeheiratet oder so, und noch nach dem Krieg ein geschätzter Baumeister gewesen sei. Ihm sei das Kunststück gelungen, Häuser so zu bauen, dass die sich der Landschaft unmerklich anpassten und so wirkten, als gehörten sie dazu.

Ben Cartwright? Wieder meinte sich Torben Petersen verhört zu haben, und auch seine Frau stutzte. Was hatten die Settaris mit den Ranchern aus der Fernsehserie, die Petersen in seiner Jugend geliebt hatte, zu tun? Da sich weder Köhler noch Sophie um seine Nachfragen kümmerten und sich niemand außer ihm über diesen Zusammenhang zu wundern schien, spießte er die letzte Bratkartoffel von seinem Teller auf und nahm sich vor, seine Frau, sobald sie auf ihrem Zimmer waren, danach zu befragen.

Ein Schwiegersohn der Settaris schließlich, fuhr Köhler

fort, sei jener Maler gewesen, der das Sonnenhäusl entworfen habe, diesen asketischen Kubus. Der, der Hitler-Schinken gemalt habe?, fragte Sophie nach und merkte, dass sie den Namen Hitler herausposaunt hatte, was dazu führte, dass sich an den anderen Tischen postwendend einige Köpfe erschrocken umdrehten. Politische Dispute waren unter den Gästen in Zweikapellen nicht beliebt, vor allem, wenn es um die Nazizeit ging.

Köhler bemerkte Sophies Unsicherheit und grinste triumphierend. Ja, ja, Sie zucken zu Recht zusammen. Das interessiert Sie als Kunsthistorikerin, oder? Was es mit den geistigen Abhängigkeiten der vermeintlich so freien und unabhängigen Künstler auf sich hat. Da denke man, dass Dichter oder Maler immun seien gegenüber den Einflüsterungen von Diktaturen, doch leider gebe es genügend Gegenbeispiele. Der Sonnenhäusl-Architekt habe sich seinen Ruf ruiniert mit diesem Hitler-Bild, das er bereits 1933 oder 1934 hingepinselt und auf Ausstellungen gern gezeigt habe. Natürlich – Köhler senkte seine Stimme – wollte das im Nachhinein keiner wahrhaben, zumindest hier in der Gegend. In der Zweikapellen-Bibliothek liege eine Monografie, da könne Sophie das alles nachlesen.

Köhler, ganz in seinem Element, setzte zu einem neuen Exkurs an, der von Österreichs Bundespräsident Waldheim handelte – Sophie erinnerte sich schemenhaft an die Hintergründe –, als er plötzlich mitten im Satz abbrach. Der junge Gruber hatte sich dem Tisch genähert, um Richard beim Abräumen der brav geleerten Schnitzelteller zu helfen. Na, Herr Köhler, geben Sie der Frau Hauffe ein bisschen Nachhilfeunterricht in Sachen Südtiroler Geschichte? Offensichtlich hatte er einige Fetzen von Köhlers Ausführungen aufgeschnappt. Da scheint ja plötzlich eine richtige Nachfrage zu entstehen, als gebe es keine wichtigeren Themen. Das freut niemanden hier heroben, wenn in der Vergangenheit herumgestochert wird, ohne dass man sich die Mühe macht, gründlich zu recherchieren und die Zeitumstände zu berücksichtigen. Reicht es nicht, dass nach dem Krieg keiner seine anderen Bilder, feine zurückgenommene Sachen, mehr sehen wollte?

Der junge Gruber stand zwischen Sophies und Köhlers Stühlen. Beide sahen ihn erstaunt an, wunderten sich über den ungeduldigen Ton in seiner Stimme. Seine Familie hätte den Maler gut gekannt, und vielleicht wäre es besser, ihn nicht nach einem einzigen Bild zu beurteilen. Dass jetzt, über siebzig Jahre später, Zeitschriftenredaktionen in Deutschland Südtiroler Journalisten anheuerten, um Unfrieden zu stiften, mitten in der Urlaubszeit, das verstehe, wer will. Gruber riss Köhlers Teller an sich; ein ausgedrückter Zitronenschnitz fiel zu Boden. Sophie duckte sich, als drohe Gefahr.

Eine halbe Stunde später stocherte sie in ihrer Panna Cotta. Köhler hatte sich empfohlen, um draußen zu rauchen, der Verdauung wegen, und im Hinausgehen Magda um eine Marille gebeten, der Beruhigung wegen. Haselbergers hatten es ihm gleichgetan, während das Ehepaar Petersen, vom Tischgespräch erschöpft, nichts mehr von Horsten oder den Familien Cartwright und Settari wissen wollte.

Wie rasch sich die Richtung und die Tonlage einer Unterhaltung änderten, dachte Sophie. Vielleicht wäre es besser gewesen, bei der Stieglitzin oder der Güte französischer Messer zu verharren. Oder über das Wetter zu reden, über die Gewitter, die für morgen Nachmittag angesagt waren. Oder über Schlafbrillen, über deren Vor- und

Nachteile man sich, wie sie mit halbem Ohr mitbekam, am Nachbartisch mindestens eine Viertelstunde lang bis ins Detail unterhielt. Dass es unmöglich sei, tagsüber ohne eine Schlafbrille zur Ruhe zu kommen, und dass es mehrere Internetseiten gebe, die sich ausschließlich mit Schlafbrillen und Schlafmasken beschäftigten. Letztere seien von einem Doktor Sowieso – Sophie verstand den Namen beim besten Willen nicht – erfunden worden, und dieser habe großen Wert darauf gelegt, dass diese Masken, die es in den originellsten Designs, nein, nicht nur mit Schäfchen vorne drauf, gebe, eine geregelte Luftzufuhr für das Auge gewährleisteten. Was nütze einem ein gesegneter Mittagsschlaf, wenn danach das Auge zu tränen beginne und man unter einer Bindehautentzündung zu leiden habe.

Morgen, nahm sich Sophie vor, würde sie zweierlei tun. Ganz allein zum Nixenteich wandern und dabei das Sonnenhäusl, das es auf diesem Weg zu passieren galt, keines Blickes würdigen. Und sich fürs Abendessen ein unverfängliches Gesprächsthema ausdenken und weder Erwin Köhler, ja, so hieß er mit Vornamen, noch Peter Haselberger eine Chance geben, vermintes politisches Gelände zu betreten. Man könnte über Einkaufsmöglichkeiten in Bozen sprechen, über die Wintersportler, die sich günstig in Barbian einquartierten, um sich in den Dolomitenorten auf der anderen Seite Steilhänge hinunterzustürzen. Oder über Reinhold Messner und Luis Trenker. Obwohl auch das nicht ohne Brisanz war, wie Sophie einfiel. Wie war das mit Luis Trenker, seinerzeit? Ach herrje, am besten, man aß still vor sich hin und dachte an … an … Felix zum Beispiel, der wahrscheinlich Surfkurse belegte und sich verliebte, oder an … ja, da fiele ihr etwas ein.

Sophie lächelte vor sich hin und merkte nicht, wie Richard ihren Dessertteller abräumte und den Rest aus der Weinflasche einschenkte. Ein Gebirgswein aus Villanders. Den würde sie morgen wieder trinken. In ihrem Glas lagerte sich Weinstein ab.

17

Eine Ahnung von Schwüle lag über der Veranda, ungewöhnlich für die Uhrzeit. Auf der grünen Schiefertafel, die Frau Gruber am Vorabend mit liebevoll gezeichneten Wettervorhersage-Symbolen versah, drohten für den Nachmittag schwarze Wolken, aus denen sich Blitz und Donner entladen würden. Bis drei, vier Uhr, hatte sie auf Sophies Nachfrage geantwortet, würde es wohl halten, aber in den Bergen gebe es nie hundertprozentige Sicherheit. Wie anderswo auch, hatte sie lachend hinzugefügt.

Das bevorstehende Unwetter ließ die Frühstücksstimmung kippen. Mütter ermahnten nervöser als sonst ihre Kinder, die ihr Müsli nicht essen wollten und das weich gekochte Ei so ungeschickt köpften, dass sich der cremige Dotter auf dem Teller verteilte und über die luftgetrocknete Salami lief. Selbst Sophies Freund, ihr kleiner Legobauer, der diesmal eine Armada von Piratenfiguren um sein Nutellabrötchen aufgereiht hatte, grollte irgendjemandem und weigerte sich standhaft, das randvolle Glas auszutrinken, das ihm seine Mutter eindringlich zum Mund führte. Clemens, du musst viel trinken, das weißt du doch. Dein Körper trocknet sonst aus. Eine andere Mutter sah strafend herüber und hielt es für unpassend, das Frühstück mit Erziehungsratschlägen anzureichern. Der kleine Clemens kümmerte sich um keine der Mütter und prustete in sein Glas, bis sich Wasserspritzer über den ganzen Tisch verteilten.

Sophie beeilte sich, ihren Obstsalat aufzuessen, und war erleichtert, dass sich weder Köhler noch der junge Gruber zeigten. Erst als sie aufstand, Clemens und seiner Mutter einen schönen Tag wünschte, bog Pia Kremm, allein, um die Ecke und machte ein Gesicht, das den angekündigten Regenguss vorwegnahm. Sie gehen schon?, bemerkte sie, ohne Sophie anzusehen. Ich wollte Sie fragen, ob wir zusammen einmal nach Bozen fahren, bummeln, einkaufen, mal andere Menschen sehen. Sophie schüttelte den Kopf und verbiss sich die Bemerkung, dass ihr im Moment nach nichts weniger sei, als noch mehr Menschen zu sehen, und das im Touristenrummel von Bozen. Ein andermal gern, liebe Frau Kremm, heute ist mir mehr nach Waldeinsamkeit zumute, wenn Sie verstehen. Ich will mir gleich die Karte ansehen, wohin es mich bei dieser Hitze zieht. Mühelos gelang es ihr, Pia Kremm zu verschweigen, dass ihr Tagesziel, der Nixenteich, längst feststand. Vorsicht war geboten, nicht dass sich Frau Kremm ihr anschließen und zwischen Moosen und Farnen alte Lieder übers Waldsterben – gab es das noch? – trällern würde. Darauf hatte Sophie keine Lust, und mit einer bedauernden Handbewegung ließ sie die enttäuschte Liedermacherin stehen, die sich hilflos umsah und an der ersten Aufgabe des Tages – an welchen Tisch soll ich mich setzen? – zu scheitern schien.

Sophie band sich eine dünne Regenjacke um die Hüfte und stapfte, eine Gedenksekunde einlegend, an den Kapellen vorbei. Danke, Christophorus für deinen Beistand. Ihr

Haar hatte sie mit einem Gummi zusammengebunden, das kunstfertige Chaos auf ihrem Kopf, ihr Markenzeichen, unterstreichend. Wie gut es war, als eine der Ersten auf den Beinen zu sein. Zeichenblock, Roman, Kaminwurzen, Schüttelbrot, Obst, Apfelsaftschorle, Mückengel, Wanderkarte – ihr Rucksack war aufs Beste gefüllt, und bis die unheilvollen Blitze niedergingen, wäre sie längst wieder zurück. Ihr Telefon hatte sie auf dem Zimmer gelassen; sie überlegte kurz, zurückzugehen, doch dann erinnerte sie sich an Zeiten, als man die Tollkühnheit besaß, ohne Handy aus dem Haus zu gehen … und trotzdem unbeschadet heimkehrte.

Ihr fiel eine Weihnachtsgeschichte ein, von einem längst toten Österreicher geschrieben, wenn sie sich nicht täuschte. Eine Erzählung von zwei Kindern, die sich am Heiligabend im Gebirge verirrten, im tiefen Schnee die Orientierung verloren und sich in einer Höhle versteckten. Bis sie, wie es sich für eine Weihnachtsgeschichte gehörte, gerettet wurden. Im Deutschunterricht hatten sie die durchgenommen, und sicher fanden die Schüler heute den Text albern und unrealistisch, weil das Unglück der Kinder durch ein Handy leicht zu verhindern gewesen wäre. Nein, beschloss Sophie, sie würde ihr Telefon nicht holen und sich den schrecklichen Gefahren der Unerreichbarkeit aussetzen. Mal sehen, ob sie das überstehen würde.

Sophie ließ es langsam angehen, schlug den kürzeren Weg zum Sonnenhäusl ein, nahm Kehre um Kehre und versuchte, ihre Schritte gleichmäßig zu setzen. Am Anfang nicht zu schnell, sonst ging einem auf halber Strecke die Luft aus, und möglichst keine Pause einlegen. Wer rastet, der rostet. Einer der Kindheitsmerksätze, die man nicht vergaß, eine Aufmunterungsformel, die ihre Eltern eingesetzt hatten, um sie und ihre Schwester anzutreiben, sie davon zu überzeugen, dass häufige Wanderunterbrechungen dazu führten, dass der Motor – Sophies Vater verglich den menschlichen Körper gern mit technischen Geräten – nicht warmliefe und folglich ins Stottern geriete. Ja, Vater, sieh nur, wie sich deine Erziehung auswirkt und wie deine Tochter jede unnötige Rast vermeidet. Mittlerweile fährt sie sogar in die Berge und meidet kanarische oder bengalische Inseln. Schade, Vater, dass wir nicht mehr zusammen losfahren können, und schade, Mutter, dass du das nicht mehr miterlebst. Unwillkürlich richtete sie den Blick gen Himmel, als würde ihre Mutter sie durch die Tannenwipfel beim Aufstieg beobachten. Manchen Kinderglauben behielt man sein Leben lang, auch wenn man das besser niemandem verriet. Als junge Frau hatte sie mit Religion nichts anfangen können und sich gewundert, warum aufgeklärte Menschen solchen Unsinn ernst nahmen. Grundlegend hatte sich das nicht geändert, und Sophie sah weiterhin keinen Anlass, den Sonntag in der Kirche zu verbringen oder die Jenseitserwartungen der Pfarrer für bare Münze zu nehmen. Doch sie spottete nicht mehr über derartige Sehnsüchte. Die einen wünschten sich das, die anderen das. Und alle wollten über das Hier und Jetzt hinaus.

Deine Oma sitzt auf einer Wolke und schaut uns zu. Wie zweifelsfrei sie ihrer Mutter diese Sätze abgenommen und wie liebend gern sie an das Bild von ihrer sie gütig überwachenden Oma geglaubt hatte. Alle ihre Großeltern lebten nicht mehr, und Sophie hatte es kaum verschmerzt, als die Mutter ihrer Mutter, die im Nachbarhaus gewohnt hatte, über Nacht gestorben war und sich nicht im Geringsten an

Sophies Beschwörung »Oma, du lebst so lange, bis ich selber alt bin, oder?« gehalten hatte. Verstanden hatte sie diesen Wortbruch damals nicht und tagelang geweint. Und wenn sie ehrlich war, verstand sie bis heute nicht, warum das Leben so eingerichtet war, dass mit dem Tod die eigene Auslöschung verbunden war. Wie sollte man sich das vorstellen, nicht mehr zu sein? Dann lieber an ihre Mutter denken, die neben ihrer Oma auf einer Wolke saß, stickte, Harfe spielte und sich darüber wunderte, dass ihre einst so wanderfaule Tochter mit einem Rucksack durch den Südtiroler Hochwald stapfte. Ob sich Felix auch so entwickeln würde? Mit ihm und mit ihrem Mann war über solche Fragen nicht zu sprechen gewesen. Markus blendete den Tod aus und scheute davor zurück, über ihn zu sprechen. Selbst wenn er an einem Aufsatz über die Todessymbolik in der frühromantischen Malerei saß, gelang es ihm vorzüglich, das Thema nicht auf sich und sein Leben zu beziehen. Eine beachtliche Verdrängungsleistung, kein Zweifel.

Sophie blieb kurz stehen, nein, keine Rast, und sah einer grauweißen Wolke zu, der einzigen, die sich am Himmel zeigte, wie sie davonschwebte, sich in ihre Bestandteile auflöste. Höchstens anderthalb Stunden brauchte sie zum Nixenteich, und, wenn ihre Kräfte reichten, ging sie übers Huber-Kreuz zurück. Oder auch nicht. Als sie vor ein paar Tagen mit Pia Kremm, dieser Unglücksnudel, denselben Weg zum Sonnenhäusl gegangen war, hatte sie für das Haus Mimi kein Auge gehabt. Als sie von einer Bank aus einen Mann beobachteten, von dem Sophie mittlerweile sicher war, dass es sich um Stefano gehandelt hatte. Der etwas suchte, aber was? Walzenhuber oder wie der Architekt hieß, von dem Köhler gestern Abend ausführlich erzählt hatte, war mit diesem Haus ein Schmuckstück gelungen, ein verwinkelter Grundriss, ganz offensichtlich, und Formen, die von Symmetrie nichts hielten. Ein Zeltdach ragte steil in die Höhe, und auf den Balkonhalbbogen, der eine der Fassaden untergliederte, wäre Sophie gern hinausgetreten, hätte sich an der Brüstung festgehalten und den Wanderern zugesehen, von denen sich der eine oder andere wohl ausmalte, wie es wäre, auf Dauer im Haus Mimi zu leben, ideal gelegen zwischen dem Zweikapellen-Hotel und der Sonnenhäusl-Pension und doch ganz für sich.

Sophie bog in die letzte Kehre vor dem Sonnenhäusl, von wo ein fernes Stimmengesumm zu hören war. Sie schlug den direkten Weg über die Hangwiese ein, durch die Laken und Handtücher hindurch. Wahrscheinlich gehörte es zu den Morgenritualen im Sonnenhäusl, vor dem Frühstück die Leinen zu spannen und die Wäschestücke aufzuhängen. Anderswo wehten Turmfahnen, um Wanderern von Weitem zu zeigen, dass man geöffnet habe; am Sonnenhäusl signalisierte das Weiß langer Unterhosen, dass man seine Gäste freudig erwarte. Keinem einzigen Wanderer war Sophie bislang begegnet. Furcht empfand sie freilich keine, vor wem auch. Vor gefährlichen Wilderern oder Sittlichkeitsverbrechern, die einer halbwegs attraktiven Mittvierzigern, die kein Pfefferspray und kein Klappmesser mit sich führte und ihr Handy im Hotelzimmer gelassen hatte, im Dickicht auflauerten? Nein, damit wollte sie ihre Lebenszeit nicht vergeuden. Sie setzte sich auf einen umgekippten Baumstamm und warf einen Blick in die Wanderkarte. Die Route ließ sich kaum verfehlen, aber sie wollte sicher sein, an welcher Stelle die Abzweigung zum Nixenteich abging. Erst den breiten Wiesenweg entlang, vorbei an verstreuten, unbewohnt wirkenden Villen, die, wenn nicht den Settaris, sicher reichen Bozenern gehörten, dann den Löschteich passieren, auf einem mäßig ansteigenden Pfad.

Sophie fand ihren Rhythmus, nahm deutlich wahr, was sie sah, einen riesigen Ameisenhaufen, dessen Geschäftigkeit für sie zu den unerklärlichsten Phänomenen in Wald und Flur zählten. Was diese Tiere für Lasten schleppten und wie sie ihr Gemeinwesen, ein undurchschaubares System, bildeten, das zu funktionieren schien. Weshalb ihr Vater unwirsch reagiert hatte, wenn sie und ihre Schwester mit einem Stock in einem Ameisenhaufen herumstocherten. Das gehörte sich nicht, mutwillig einen Ameisenhaufen zu zerstören – mutwillig, das war das schärfste Wort gewesen, mit dem Kinderverhalten gerügt wurde. Aus Versehen eine Vase umzuwerfen, das ging an, aber wo Mutwille herrschte, da griff Vater scharf ein, und ihre Mutter schüttelte resigniert den Kopf. Seitdem, das hätte Sophie schwören können, hatte sie sich niemals einem Ameisenhaufen, diesem Wunderwerk, gewaltsam genähert, und sie ging davon aus, dass ihre Schwester das ebenso verinnerlicht hatte und bis heute beherzigte.

Sie wischte sich Stirn und Nacken mit einem Taschentuch, kariert, wie es sich gehörte. Wie schnell sie ins Schwitzen kam, ein Erbe ihrer Mutter, die schon nach wenigen Metern zu transpirieren begann und nicht müde wurde, die gesunden Effekte des Schwitzens hervorzuheben. Im Unterholz raschelte etwas, ein Eichhörnchen, ein Hase, falls es hier Hasen gab. Sophie konnte nichts erkennen, immerhin hatte sie Gesellschaft, wenn auch keine menschliche.

Nach einer Dreiviertelstunde gelangte sie zu der Weggabelung, die sie vorhin auf der Karte gesucht hatte. Rechterhand ging es zum Huber-Kreuz; ganz bestimmt würde sie nachher darauf verzichten, diesen sicher über eine Stunde längeren Rückweg einzuschlagen. Das Unternehmen sollte nicht zur Anstrengung ausarten. Linkerhand führte ein mit Steinquadern überzogener Waldweg in hoffentlich wenigen Schleifen zum Nixenteich. Der so hieß, weil … keine Ahnung. Wären Köhler und Haselberger an ihrer Seite gewesen, hätte sie nicht lange auf Aufklärung warten müssen. Sicher eine uralte Südtiroler Sage von einem Bauernsohn, der sich frühmorgens im Wald beim Holzschlagen oder Pilzesammeln an diesem Teich erfrischte und von einer wunderschönen Frau im Schuppenkleid überrascht und betört wurde.

Von Feen, Elfen und Nixen wimmelte es in der Kunstgeschichte, doch Sophie vermochte übernatürlichen Vorgängen wenig abzugewinnen und war froh darüber, dass ihre Impressionisten von solchen Erscheinungen wenig Notiz nahmen. Nixen, überlegte Sophie und hätte dabei fast eine Baumwurzel übersehen, die sich quer über den Weg legte, besaßen einen Fischschwanz, oder? Oder nur Meerjungfrauen? Hätte sie ihr Mobiltelefon dabeigehabt, wäre es ein Leichtes gewesen, nachzuschlagen und die anatomischen Unterschiede aufzuklären. Auf jeden Fall, so ging die Sage sicher weiter, hätte sich der Bauernsohn unsterblich in die Nixe, die wie alle Nixen lange, blonde Haare trug, verliebt und wäre ihr verfallen. Ohne Chance, bei ihr sein Lebensglück zu finden, es sei denn, bei der Nixe handelte es sich um eine verzauberte Müllerstochter oder Prinzessin, die durch ein gemeinsames Bad mit dem Bauernsohn von ihrem Fluch zu erlösen wäre.

Sophie nahm sich fest vor, den Nixenteich und seinen Namensursprung beim Abendessen mit keiner Silbe zu erwähnen. Der gestrige Tag hatte sie klüger gemacht. Wer weiß, vielleicht verbarg sich etwas Politisches dahinter, und Südtiroler Nazis hatten die Höhlen hinter dem Teich, falls es da welche gab, nach dem Krieg als Versteck genutzt. Kein Wort also über den Nixenteich, dessen Zulauf, einen Bach, der über moosgrüne Felsvorsprünge in den Teich tänzelte, Sophie nun plätschern hörte. Noch eine Kurve, dann wäre sie am Ziel und durfte sich mit einer Rast belohnen.

Teich, wie übertrieben! Links und rechts von Steilwänden eingerahmt, streckte sich der Tümpel in einer Wegkehre aus und zwang die Wanderer gewissermaßen dazu, sich auf seiner Felsumrandung niederzulassen. Kein Lufthauch rührte sich, Vogelzwitschern, das Sophie erst bemerkte, als sie beschloss, es sich auf einem der Steine bequem zu machen. Vorsicht war geboten, doch Sophie hatte keine Probleme, über die von Rinnsalen unterbrochenen Steinwürfel zu hüpfen. Unmittelbar am Teich wollte sie sitzen; sie zog ihre Schuhe aus, lobte sie für ihre bisher geleisteten Dienste und streifte die dicken Thermostrümpfe ab, die ein wenig vom Schwarz des Schuhinnenfutters abbekommen hatten. Vorsichtig streckte Sophie den großen Zeh ins Wasser, erschauderte kurz. Keine Frage, sie gehörte zu der Sorte Frauen, die automatisch aufschreckten, sobald sie den ersten Versuch unternahmen, ins Meer oder in einen See hineinzulaufen. Wie sie ihre Freundin Brigitte bewunderte, die, ohne mit irgendeinem Körperteil zu zucken, in jedes Nass stieg und sich nicht damit abgab, ihren Körper vorher nach Frauenart mit einer Handvoll Wasser abzureiben und dann zögernd einen winzigen Schritt vor den nächsten winzigen Schritt zu setzen, bis sie nach zehn Minuten allenfalls knietief im

Wasser stand und es immer noch für besser hielt, sofort umzukehren und dem Wagnis ein jähes Ende zu bereiten.

Heute hingegen kannte Sophie kein Erbarmen mit sich und ihrem Körper und patschte mit beiden Füßen in den erträglich kühlen Teich. Ah!, rief sie aus und hoffte vergeblich auf ein Echo. Sie sah sich um, keine Wandergruppe, keine versprengten Einzelgänger, die ihr nacheiferten, der Nixenteich schien ein durch und durch mickriges Ziel zu sein und bot außer seiner malerischen Lage tatsächlich nicht viel. Irgendwann, das hatte sie Markus beizubringen versucht, musste man damit beginnen, in touristisch attraktiven Städten und Landstrichen alle bekannten, in Reiseführern erwähnten Ziele zu meiden. Fast alle Urlauber hatten die Angewohnheit, sich das anzusehen, was andere als sehenswert bezeichneten, sodass sich vor diesen Attraktionen, vor dem Markusdom, dem Eiffelturm oder dem Brandenburger Tor die Trosse versammelten und bewunderten, was sie von Hunderten von Reproduktionen her bereits in- und auswendig kannten. Stattdessen hatte sie Markus – bei ihrem Sohn war Hopfen und Malz verloren – sanft bedrängt, unscheinbare Kirchen zu besichtigen und Restaurants aufzusuchen, die für rein gar nichts bekannt waren. Mit dem immensen Vorteil, dort unbehelligt zu sein und sich wenigstens einer Sache mit Sinn und Verstand zu widmen – und nicht nur mit dem Blick des Fotografen. Wie viele unscheinbare versandete Kirchen sie mit Markus während eines Dänemark-Urlaubs besucht hatte. Versandete Kirchen – schon das Wort hatte Markus nach drei Tagen nervös gemacht, während es Sophie gar nicht erwarten konnte, wieder eine dieser Nicht-Sehenswürdigkeiten aufzusuchen.

Nun, Frau Hauffe, wird etwas gegessen, damit die gemeinen Waldmäuse ein paar Brösel abbekommen. Die sollen hin und wieder Abwechslung auf ihrem Speisezettel haben. Sophie nahm ein Paar Kaminwurzen, eine Birne und ihre Zeichenutensilien aus dem Rucksack und breitete alles neben sich aus. Noch hielt das Wetter, und selbst am Teich herrschte eine erstaunliche Hitze, die kein noch so leiser Wind abmilderte. Sophie wollte versuchen die Schneise zu zeichnen, die den Bergbach freigab, in ihrer typischen Manier mit einem Strich, der zuerst eine realistische Wirkung erzielte und allmählich durch Schraffierungen und Übermalungen eine Art doppelten Boden erhielt. Viele ihrer Kursteilnehmer, die oft mehr Übung als sie besaßen, schämten sich dafür, einen Baum oder ein Pferd gleichsam naturgetreu zu malen, was Sophie ärgerte und zu kunsthistorischen Exkursen nötigte, die die ungläubigen Schüler darin bestärken sollten, Abstraktion nicht für einen Gewinn schlechthin zu betrachten. Da immerhin ließ sich von den Impressionisten etwas abschauen.

Vor der Kunst kommt die Stärkung des Körpers, zu dessen Ertüchtigung sie heute immerhin schon beigetragen hatte. Sie biss in eine Kaminwurze – zum Glück hatte sie bei ihrer Anreise in Barbian ein Notfallpaket erstanden, es hätte ja sein können, dass in Zweikapellen alle Köche erkrankt und die Gasleitungen undicht geworden wären. Proviant für alle Fälle führte sie stets mit sich; leider vergaß sie diese eisernen Vorräte manchmal, sodass sie in ihrem Auto von einem fauligen, ekligen Geruch aufgeschreckt wurde, der einer sehr alten Banane oder einem Käsebrötchen zu verdanken war, die sich perfiderweise unter dem Vordersitz oder im Handschuhfach versteckt hielten, für lange Zeit.

Kaminwurzen, die wohl zur Gattung der Dauerwurstwaren gehörten, besaßen, wenn nicht Hochsommer herrschte, den Vorteil, manches zu überstehen. Vielleicht sollte sie nicht mehr nach der Natur malen, Bachläufe oder Baumwurzeln links liegen lassen und eine Kaminwurze verewigen. Heute freilich würde sich das nicht ergeben, da Sophie wild entschlossen war, ihren Modellen, den Kaminwurzen, den Garaus zu machen und sich die abgewanderten Kalorien schnell wieder zuzuführen. Sie hatte Heißhunger, als läge das Wiener Schnitzel Jahre zurück und als wäre das Frühstück ausgefallen. Erst als Sophie die Birne und ein Schüttelbrot – mit Kümmel – vertilgt hatte, lehnte sie sich zurück, ein steinerner Koloss diente ihr als Stütze, und ließ ihre Füße im Wasser kreisen.

Ihr war warm. Kalorien hatten, soweit sie sich entsann, mit Energiezufuhr zu tun, und je länger sie über diesen physikalischen Zusammenhang nachsann, desto stärker wurde ihr Bedürfnis, nicht nur ihren Füßen das Teichwasser zu gönnen. Zum Leidwesen ihrer Mutter hatte sie schon als Zweijährige alle Kleider von sich gerissen, sobald sie einen See, einen Bach oder einen Springbrunnen sichtete. Als sie sechs wurde, fanden ihre Eltern das weniger putzig und vertraten die Ansicht, dass es sich für ein Kind in diesem Alter gehöre, zumindest einen Badeanzug überzuziehen. Du gehst in die Schule und kannst nicht nackt herumspringen. Diese Neigung, für die es sicher einen medizinischen Namen gab, hielt bei ihr an, und wäre es für ihren pubertierenden Sohn nicht merkwürdig gewesen, hätte sie die Angewohnheit beibehalten, nach dem Duschen erst einmal unbekleidet durch die Wohnung zu spazieren. Markus hatte das am Anfang aufregend gefunden, obwohl er selbst nicht die geringste Lust verspürte, sich länger als unbedingt nötig im Adamskostüm zu zeigen. Selbst wenn sie miteinander schliefen, zog er es vor, danach seinen Schlafanzug überzustreifen, während sich Sophie nichts Schöneres vorstellen konnte, als nach einem Orgasmus nackt an der Seite jenes Mannes einzuschlafen, der ihr dieses Wohlgefühl bescherte. Da das mit den Orgasmen im Lauf ihrer Ehe abgenommen hatte, stellte sich das Problem des nackten Miteinandereinschlafens seltener, und Sophie lebte ihren Selbstexhibitionismus, sagte man so?, kaum mehr aus.

Warum nicht jetzt und hier?, dachte sie und sah sich prüfend um. Außer Ameisen, Eichhörnchen, Singvögeln und gut versteckten Hasen nichts zu sehen und zu hören. Was also sprach dagegen, es der verzauberten Müllerstochter nachzutun und sich nixengleich in den klaren Bergteich zu stürzen? Geübt und schnell streifte Sophie alles ab, was sie am Körper trug, warf die Arme in die Höhe, spreizte die Schenkel, ging in die Knie und warf sich kurzentschlossen ins Wasser, das man beim besten Willen nicht als Fluten bezeichnen konnte. Sie schrie auf, das ließ sich nicht vermeiden, prustete und juchzte, freute sich über sich selbst und tauchte mit dem Kopf unter. Mehr als einen kräftigen Schwimmzug ließen die Ausmaße des Nixenteichs nicht zu. Eine Forelle, sicher durch dieses extraterrestrische Phänomen gänzlich aus dem seelischen und ökologischen Gleichgewicht gebracht, wich ihr aus, ehe Sophies zum Glück nicht zu unterschätzender Busen ihr einen Schlag versetzte.

Sophie stellte sich auf einen wackligen, glitschigen Stein, schüttelte sich wie ein Hund, tauchte ein zweites Mal unter und mit einem Schrei der Begeisterung wieder auf. Sie sah die Tropfen über ihre Brüste perlen, patschte mit beiden Händen auf die Wasseroberfläche und vergaß alle Bäume, Hasen und Steinpilze um sich herum. Und natürlich nahm sie keine Notiz davon – wie hätte das bei ihrem Prusten und Jauchzen möglich sein sollen? –, dass sie nicht mehr allein war am Nixenteich, dass sich vom oberen Weg Schritte näherten, Männerschritte offenkundig, die schneller wurden, als das ungewohnte Lärmen vom Nixenteich hörbar wurde. Sophie, wie gesagt, merkte davon nichts. Wer alles um sich herum vergaß, hatte logischerweise kein Ohr für Stiefel, die Zweige brachen, Steine wegstießen und in wenigen Augenblicken den Nixenteich erreichten, in sehr wenigen Augenblicken.

18

War es ein Zeichen von Resignation oder von abgelegter Prüderie, sich nicht mehr nach den Frauentagen in der Sauna zu erkundigen und stattdessen das zu nehmen, was die Öffnungszeiten hergaben? Irgendwann würde es ihr nichts ausmachen, in die gemischte Sauna zu gehen und zwischen fülligen Männern zu sitzen, die so taten, als ginge es ihnen allein um den reinigenden Schwitzeffekt. Dabei lechzten die meisten danach, ungeniert nackte Frauenkörper zu begutachten, vor allem die, die am unschuldigsten taten. Wo gab es das sonst schon? Die Versiertesten besaßen einige Übung darin, sich den sich ausbreitenden Schenkeln und Brüsten nicht plump mit Blicken zu nähern. Nein, wenn sich die Schwitzpforte öffnete und einrastete, wenn eine Frau eintrat, verstanden sie es perfekt, demonstrativ nicht zur Tür zu sehen, nicht zu beobachten, auf welche Stufe sich die Frau setzen oder legen würde, ob sie mit einem Handtuch ihre Geschlechtsteile bedeckte oder Einsichten gewährte. Nein, Gemischte-Sauna-Spezialisten nahmen das Objekt erst nach zwei, drei Minuten in Augenschein, wenn sie ihre Blicke wie zufällig durch den Raum gleiten, sie zuerst nur einen Wimpernschlag auf dem Körper verharren und nach einer Weile zurückkehren lie-

ßen, wobei sie das, was sie mit innerer Gier sahen, einer Detailprüfung unterzogen.

Noch zählte Sophie nicht zu den Rentnerinnen, die, ohne sich überflüssige Gedanken zu machen, ihre Bauchfalten und ihre hängenden Brüste zur Schau trugen. Deshalb wusste sie genau, was die harmlosesten Männeraugen verrieten, vor allem wenn es das niederträchtige Schicksal wollte, dass man allein mit einem Mann überschaubarer Attraktivität in die Sauna geriet und dieser ganz nebenbei zu einem Gespräch anhub, darauf hoffend, dass eine sich lebhaft unterhaltende Frau ihre Körperbewegungen nicht mehr genau kontrollierte und sich offener zeigte als eine Frau, die es gar nicht einsah, unbefriedigten saunierenden Männern ein Vergnügen zu gönnen. Deshalb mied Sophie seit Langem gemischte Saunatage und zog es vor, sich mit Freundinnen, mit Angela oder Simone, drei Saunagänge zu genehmigen, meistens am Samstagmorgen, wenn die anderen Frauen mit Einkäufen beschäftigt waren und den Stuttgarter Platz als Anlaufstelle nahmen, um Mann und Kindern wenigstens auf einen Kaffee zu entkommen.

Angela und Simone waren, wie es sich für halbwegs in geordneten privaten Verhältnissen lebende Frauen gehörte, nicht abkömmlich gewesen – wir besuchen die Schwiegereltern, sechs Stunden Autofahrt, zehn Stunden Aufenthalt und sechs Stunden zurück – und äußerten am Telefon unverhohlen Neidgefühle, dass Sophie keine familiären Pflichten zu erfüllen hatte und nach Herzenslust zum Saunieren ging. Sophie entgegnete nichts am Telefon, unsicher, ob ihr Zustand mehr Vorzüge oder Nachteile aufwies. Erst als sie wieder vor dem Hallenbad in der Mecklenburgischen Straße stand und den letzten Streifen Handcreme verrieb, freute sie sich über sich selbst. Sie hatte die Ruhe in der Sauna mit al-

len Poren genossen – wie schön, dass nicht nur Angela und Simone, sondern viele andere Berliner unterwegs waren, um ihr Feiertagsprogramm abzuspulen. Vier, fünf Frauen, alle ungefähr in ihrem Alter, hatten die Sauna – Lavendelaufguss! – und den mit Palmen geschmückten Ruheraum mit ihr geteilt. Sie hatte nichts zum Lesen mitgenommen, vor sich hin gedöst und in Schleifen, Spiralen und Sprüngen nachgedacht. Über die nächsten Wochen, die wieder eine existenzielle Entscheidung für ihr Leben bringen könnten. All die Jahre zuvor hatte sie das Kommende akzeptiert, selten das Gefühl gehabt, die vor ihr liegenden Schritte zu planen. Vielleicht sollte sie Markus dankbar sein, dankbar für die Konsequenzen, die sein Weggang für sie haben würde, und vielleicht saunierte sie deshalb so gern, weil man sich fallen ließ und in der Hitze und Feuchtigkeit ganz auf seinen Körper konzentriert war.

Kaum eine Frau hatte Hemmungen, sich die Körper anderer Frauen anzusehen; selten mischte sich abfällige Missgunst darunter, darüber waren die meisten hinweg. Sophie mochte es, sich weibliche Formen in Ruhe anzusehen, Brustformen und Oberschenkeltexturen zu vergleichen, Nackenpartien mit den Augen abzutasten. Manchmal entwickelte sich dabei ein erotisches Prickeln, langsam aufsteigend und ohne jede Notwendigkeit, daraus Folgerungen zu ziehen. Sophie stellte sich manchmal vor, eine andere Frau zu berühren, sie spielerisch zu küssen, eine schlanke, kurzhaarige Frau, aber mehr als eine anregende Phantasie waren solche Vorstellungen nicht. Für ein lesbisches Coming-out sah Sophie keinen Grund; die öffentlichen Erklärungen von prominenten Frauen, die sich im gesetzten Alter plötzlich von Männern abwandten, strotzten in ihren Augen vor Peinlichkeit. Mit fünfzehn, sechzehn hatte sich Sophie unsicher ge-

fühlt, eine ganz normale Entwicklung in diesem Alter, aber diese Erkenntnis kam später. Damals war sie unsicher, ob sie Frauen sexuell attraktiv fand. Mit niemandem sprach sie darüber, mit den Eltern schon gar nicht, allenfalls mit Susanne, die ähnlich empfand und mit der sie einige ungelenke Annäherungen unternommen hatte. Damals im Schullandheim, auf Schloss Eppan.

War es bei ihrer ersten Begegnung in der Gertraudskapelle gewesen, als Stefano ihr in einem Nebensatz gesagt hatte, dass er aus Eppan komme? Erst eine Woche später begriff Sophie, was es mit diesem Ortsnamen auf sich hatte. Dass sie als Schülerin zwei Wochen in Eppan verbracht hatte, im Schullandheim, eine Zeitspanne, der alle aufgeregt entgegengesehen hatten und die für sie eine Enttäuschung gewesen war. Zwei Wochen mit der ganzen Klasse verreisen, begleitet von zwei bedauernswerten Lehrern, die sich rätselhafterweise zutrauten, ein Rudel Pubertierender, Jungen und Mädchen gemischt, in Schach zu halten und alle Exzesse im Keim zu ersticken.

Sophie hatte sich vom jungen Gruber einen Autoatlas ausgeliehen und nach Eppan gesucht. Allzu weit war es von Barbian nicht entfernt; mühelos hätte sie einen Ausflug unternehmen können, und mühelos fände sie Schloss Eppan wieder, die schummrige Kellerei, wo sie nach einer Weinprobe dem Lehrkörper entkommen waren und sich sinnlos oder sinnvoll, wer wusste das, betrunken hatten, von ein, zwei Strebern abgesehen. Und sie hätte zum Montiggler See fahren können oder nach Girlan, das auf Italienisch Cornaiano hieß. Was für Kleinigkeiten man sich über dreißig Jahre hinweg merkte, welche Dinge sich im Kopf einnisteten und welche nicht. Da war sie außerstande, eine einzige Strophe aus Schillers Balladen, die sie einst in- und auswendig zu ler-

nen hatte, aufzusagen, und da wusste sie gleichzeitig, dass Girlan und Cornaiano denselben Ort meinten. Die Jungen aus ihrer Klasse hatten damals ein Freundschaftsspiel gegen eine Girlaner Altherrenmannschaft bestritten, eine ungleiche Auseinandersetzung, bei der die Südtiroler Haudegen alles daransetzten, es den deutschen Gymnasiasten zu zeigen. 9:2 war man untergegangen, obwohl sich die Mädchen der Klasse, Sophie inklusive, hoch solidarisch gezeigt und ihre dem Unheil geweihten Mitschüler lautstark angefeuert hatten. Nach dem Spiel hatte es Wein gegeben, um den europäischen Zusammenhalt zu befördern, und in der Nacht hatten sich Sophie und Susanne in ein Bett gelegt, sich ungeschickt gestreichelt, ängstlich darauf bedacht, ihre schlafenden Mitschülerinnen nicht zu wecken. Hatte Sophie das gefallen? Damals wusste sie es nicht genau, heute erinnerte sie sich nicht mehr an ihre Empfindungen. Im Morgengrauen war Susanne aus dem Bett geschlüpft, und Sophie hatte über das warme Lakenstück gestrichen, auf dem Susanne gelegen hatte. Tagelang hatten sie sich beide danach vorsichtig aus den Augenwinkeln beobachtet, kaum miteinander gesprochen. Erst als sich Sophie ein Herz nahm und Susanne beim Duschen einen Kuss auf die Wange gab, legte sich die Anspannung.

Susanne lebte inzwischen in Osnabrück, mit zwei Kindern, einem Mops und einem Mann, der in unkündbarer Stellung bei der Universitätsverwaltung war. Osnabrück, na ja … Zu Weihnachten und zu den Geburtstagen schrieben sie sich Karten, die selten mehr als die handelsüblichen guten Wünsche enthielten. Sicher dachte Susanne nicht mehr an die aufregende Nacht in Eppan. Ohne Stefano wäre Sophie kaum auf die Idee gekommen, sich an die Schullandheimzeit zu erinnern – in einer Wilmersdorfer Sauna, umgeben von

Frauen, die wahrscheinlich Ähnliches erlebt hatten und sich einbildeten, Besonderes erlebt zu haben.

Sophie sah auf die Uhr. Sie fühlte sich gereinigt, und in ihren Gehirngängen herrschte wunderbare Klarheit. Sie war stark genug, zum Stuttgarter Platz zu fahren, beim Italiener getrocknete Tomaten und Sardellenfilets zu kaufen, mit denen sie ihre Orecchiette heute Abend anreichern wollte. Und später einen Kaffee, einen doppelten Espresso, und ein Croissant in einem der nebeneinander aufgereihten Cafés am Stuttgarter Platz, den sie sonst mied. Warum sollte sie am Wochenende die Nähe von Anwälten, Journalisten oder Kunsthistorikern suchen, die ihren Kaffee tranken, um gesehen zu werden, und auf Gleichgesinnte warteten, denen sie von ihren neuen größten Erfolgen erzählen konnten? Eine Handvoll Kollegen aus anderen Museen ging samstags am Stuttgarter Platz ein und aus, und Sophie widerstand leicht der Versuchung, an ihren aus Neugier und Konkurrenzdenken gespeisten Unterhaltungen teilzunehmen. Von ihrer Trennung hatten alle gehört, und kaum einer sprach sie darauf an. Heute aber, im Zustand frischer Saunaherrlichkeit, würde sie die Herausforderung annehmen und allen die Stirn bieten. Am Nachmittag war Zeit genug, sich davon zu erholen, und wer weiß, wie viele Gelegenheiten es noch gäbe, diese Rituale mitzumachen? Am Ende würde ihr das fehlen, wenn sie … ja, wenn sie es schaffen würde, alle Brücken hinter sich abzubrechen. Ach du meine Güte, ging es weniger dramatisch? Das klang nach reißenden Bergbächen und schwindelerregenden Gipfelerstürmungen in eisiger Einsamkeit. Dabei wollte sie nur ihr Leben ändern … ihr Leben ändern – ging es eine Nummer kleiner? Was die Brücken hinter ihr machten, durfte ihr gleichgültig sein. Bildete sie sich ein. Und wie hatte der Berg, ein Zweitausender, fast je-

denfalls, geheißen, den sie von Eppan aus angegangen waren, ein Lehrer vorne, eine Lehrerin hinten? Irgendetwas mit Monte oder so … Monte Penegal, genau. Wenigstens auf ihren Kopf war Verlass.

19

Eine Grotte, gab es keine Grotte, keine gestrüppumrankte Höhle, die sie gnädigerweise aufnahm, sie in ihrer Nacktheit in Sicherheit brachte? Sophie hatte den Mann erst wahrgenommen, als er auf dem Steg stehen blieb und keine Anstalten machte, sich dezent umzudrehen und, ein Lied pfeifend, rasch zu entfernen. Sie hatte Stefano sofort erkannt, auch wenn er einen hellen Strohhut trug, und keine Frage, dass er sie auch in unbekleidetem Zustand wiedererkannt hatte.

Mit einem Reflex tauchte sie unter, kümmerte sich nicht um anzügliche Forellen und wandte Stefano den Hinterkopf zu. Sie machte einen Schwimmzug, als könne sie es schaffen, sich hinter einem Felsen zu verstecken, ohne den Teich zu verlassen. Oder doch eine Grotte finden, eine Höhle, die sie verschlucken würde, wie im Märchen, und Stefano das Gefühl gab, einer Fata Morgana, einer der großen Hitze geschuldeten Sinnestäuschung erlegen zu sein.

Wie wäre es, wenn sie sich Augen und Ohren zuhielte? Wenn ich nichts sehe, sieht mich niemand. Die Wassertemperatur schien binnen weniger Sekunden gesunken zu sein; sie fröstelte und wartete darauf, Schritte zu hören, die sich entfernten, oder wenigstens einen entschuldigenden Zuruf.

Stefano blieb ungerührt stehen. Hätte Sophie sein Mienenspiel sehen können, was ihr aber, da sie ihrem Betrachter beharrlich den Rücken zuwandte, unmöglich war, wäre ihr ein vergnügtes Lächeln, besser, die Andeutung eines vergnügten Lächelns nicht entgangen. Eine Ewigkeit – in solchen Fällen sprach man von einer Ewigkeit – verging, ohne dass einer der Akteure den ersten Schritt getan hätte. Stefano erinnerte sich sicherlich daran, wie man auf Damen reagierte, die in einer verfänglichen Situation überrascht wurden. Andererseits hatte er seit geraumer Zeit darauf verzichtet, von ihm erwartete Reaktionen zu zeigen. Berechenbar zu sein, damit kam man nicht weit, nein, damit kam er nicht weit. Und verfänglich fand er an dieser Begegnung nichts. Eine badende Frau, bei diesem Wetter, in einem idyllisch gelegenen Nixenteich, was war daran ungewöhnlich? Außerdem kannte er die Frau, ganz unverfänglich hatten sie – gestern oder vorgestern? – in der Gertraudskapelle Worte miteinander gewechselt. Er war gesprächiger als sonst gewesen, hatte ihr von seinem Umzug nach Villanders erzählt. Und es hatte ihm gefallen, dass sich neben den üblichen Wichtigtuern und Nervensägen, die sich allsommerlich in Zweikapellen und im Sonnenhäusl einquartierten, Menschen fanden, die einen eigenen Kopf behielten und wussten, warum sie ausgerechnet in dieser Ecke Ferien machten. Womöglich gehörte diese Sophie – er merkte sich nur Vornamen – zur Kategorie derjenigen, die im Urlaub suchten, wofür sie nach dem Urlaub für ihr Leben Verwendung hatten. Die wenigsten Hotelgäste wären das kleine Wagnis eingegangen, sich nackt in einen Teich zu stürzen, der direkt an einem nummerierten Wanderweg lag.

Eine Ewigkeit, wie gesagt, dauerte das, bis Sophie die Sache zu bunt wurde. Sie drehte sich blitzschnell um, den Oberkörper weiter unter der Wasseroberfläche haltend, und sah den knapp fünf Meter entfernt von ihr stehenden, offensichtlich gut gelaunten Mann durchdringend an. Haben Sie vielleicht die Freundlichkeit, nicht derart schamlos einer Frau zuzusehen, die ein Erfrischungsbad genommen und ihren Badeanzug vergessen hat? Drehen Sie sich sofort um, oder treten Sie einen geordneten Rückzug an!

Stefano tat wie befohlen und wandte sich ab, obgleich ihn das um die Gelegenheit brachte, der hastig aus dem Wasser kletternden Sophie zuzusehen, die vergeblich versuchte, auf einem Stein Halt zu finden, ausrutschte und rücklings in den Teich zurückfiel. Stefano hörte das Aufklatschen eines, ihres Körpers, veränderte seine Haltung um keinen Millimeter und fragte in beiläufigem Ton: Wenn ich Ihnen helfen soll, zögern Sie nicht, mich zu fragen. Ich werde die Augen zumachen, nach Ihnen tasten und Sie, wenn nötig, auf beiden Händen auf den sicheren Waldboden zurücktragen. Irgendwo werden Sie ja Ihre Kleidungsstücke abgeworfen haben, oder sind Sie Nacktkletterin?

Sehr komisch, murmelte Sophie und wählte eine andere Ausbuchtung des Teichs, um sich an Land zu ziehen. Bleiben Sie, wo Sie sind. Sophie tapste zu dem Stein, auf dem sie ihre Kleidung abgelegt hatte. Irgendetwas pikste in ihre rechten Fußsohle, darauf konnte sie keine Rücksicht nehmen, und erst in diesem Moment fiel ihr ein und auf, dass sie nichts dabeihatte, um sich abtrocknen. Alles war nass an ihr, alles. An ihren Oberschenkeln und zwischen ihren Beinen, sie spürte es genau, klebten Moospartikel, feuchte natürlich, und sie überlegte in Windeseile, womit sie sich abreiben sollte, und fand keine befriedigende Lösung. Irgendwann würde sich dieser unverschämte Kerl umdrehen und sei es nur, um sich scheinheilig freundlich zu verabschieden.

Hoffentlich kam nicht noch jemand, Pia Kremm zum Beispiel, die das ungewöhnliche Aufeinandertreffen dankbar als Anregung begriffen hätte. Wasser, Quelle, Inspiration – das gehört zusammen, hätte sie jubelnd ausgerufen und sich kurz über den fremden Mann gewundert, der Sophie beim Nacktbaden zusah. Noch war nichts zu hören, und Stefano stand da wie eine Salzsäule. Sophie griff nach ihrer Jeans, kramte ein Taschentuch aus der Hosentasche, unbenutzt zum Glück, begann sich damit abzutupfen und das Moos aus ihren heikelsten Körperöffnungen zu entfernen. Mit einem Auge behielt sie Stefano im Blick, während sie sich die Unterwäsche überstreifte – gut, dass sie heute früh zur besseren Garnitur gegriffen hatte, obwohl Stefano ihr gar nicht zusah – und fühlte, wie notdürftig sie sich abgetrocknet hatte. Für Empfindlichkeiten blieb keine Zeit, Unterhemd, Bluse und Jeans mussten die Restfeuchtigkeit aufsaugen. Gesund war das nicht. Zwischen ihren Zehen nisteten sich Tannennadeln ein ... unangenehm und mühsam, Socken über klamme, mit Walderde überzogene Füße zu streifen, und das in einem Tempo, mit dem sie sich schnellstmöglich aus dieser misslichen Lage zu befreien trachtete.

Jetzt ist gut. Rühren Sie sich, ich bin wieder gesellschaftsfähig. Stefano tat so, als habe er sie nicht verstanden, und verharrte einige weitere Augenblicke in seiner Nicht-Beobachter-Haltung, ehe er sich der zur nächsten Empörungswelle ansetzenden Sophie zuwandte. Gut sehen Sie aus, Sophie, ich habe leider Ihren Nachnamen vergessen, aber wenn Sie Stefano zu mir sagen, gleicht sich das aus. Das ist mir gerade herzlich egal, sagte Sophie, ob Sie einen Nachnamen haben oder keinen. Sie haben mich erschreckt, obwohl ich selber Schuld habe. Was muss ich dusslige Kuh nackt in einen Tümpel steigen, nur weil ich im Urlaub bin und ich mich von Tag zu Tag wohler fühle. Setzen Sie sich zu mir. Die Kaminwurzen habe ich aufgegessen, aber ein Schüttelbrot, falls das Südtiroler überhaupt essen, können Sie abhaben.

Stefano setzte seinen Hut ab, machte einen Sprung und stand neben Sophie, deren Gesicht vor Nässe und Anspannung glänzte. Ihr Haargummi war abgerutscht, baumelte absturzbereit an einer tropfnassen Locke, ihr Haar glich einem Vogelnest, dessen Bewohner sich fluchtartig davongemacht und alles Mobiliar umgerannt hatten. Frisch und lebendig sehen Sie aus, Sophie, fügte Stefano hinzu und setzte sich neben sie auf einen Stein, der groß genug war, um einander nicht zu nahe zu kommen. Sophie nahm einen Schluck Apfelsaftschorle und bot Stefano die Flasche an. Becher habe ich keinen, aber Sie werden sich nicht ekeln.

Wäre ein Wanderer genau in diesem Augenblick auf dem Weg Nummer drei einhergekommen, hätte er sich vermutlich am Anblick des rastenden Paars, das sich ein Getränk teilte, erfreut. Möglicherweise hätte er sich bei genauerem Hinsehen darüber gewundert, dass der weibliche Part derangiert wirkte, ohne Schuhe dasaß und mit Strümpfen, deren Fersenpartien nicht an den dafür vorgesehen Stellen saßen. Der Wanderer hätte gegrüßt und den männlichen Part des Nixenteichpaars für einen Einheimischen gehalten, einen aus Barbian oder Klausen – ohne dass er hätte sagen können, woher dieser Eindruck rührte. Weil jedoch kein Wanderer und auch keine Wanderin auftauchten – die Gewitterwarnungen verfehlten ihre Wirkung nicht –, saßen Sophie und Stefano ungestört beieinander, aßen Brot, teilten sich einen Schokoriegel, der sich in einem hinteren Rucksackwinkel auffand und dessen Haltbarkeitsdatum zu Sophies Erleichterung nicht abgelaufen war, und begannen, sich aus ihrem Leben zu erzählen. Was man eben so tut, wenn man einander nicht kennt und nicht ausschließlich über nahende Unwetter oder den Liebreiz des Nixenteichs sprechen möchte – und wenn man aus welchen Gründen auch immer nicht gewillt ist, sich höflich zu verabschieden und alsbald aufzubrechen, der eine nach Villanders, die andere nach Zweikapellen, und wenn man den lieben Herrgott einen guten Mann sein lässt und sich – nicht zu offensichtlich, bitte – darüber freut, einem anderen und nicht irgendeinem anderen aus seinem Leben zu erzählen. Ausgewählte Geschichten natürlich, denn was man berichtet, ergibt sich nicht wie ein Naturwunder, es folgt taktischen Erwägungen, ob man will oder nicht. So beschlossen Sophie und Stefano, ohne sich über taktische Manöver auszutauschen, zuerst von dem zu berichten, was sie für berichtenswert hielten. Sophie fiel das schwer, Stefano weniger. Das andere konnte warten, vor allem da sie davon ausgingen, dass die Teichbegegnung nicht ihre letzte sein würde.

20

Keiner von beiden hätte sagen können, wie lange sie so, essend und redend, am Nixenteich gesessen hatten. Stefano hatte irgendwann Stiefel und Strümpfe ausgezogen, um seine Füße abzukühlen, und mit ausladenden Schritten Kneippgänge imitiert, ohne Sophie die Freude zu machen, auf einem der wackligen Steine auszugleiten und das Gleichgewicht zu verlieren, während Sophie ihren Rucksack nach und nach geleert und die letzten Brotkrümel und Apfelstücke zum Verzehr freigegeben hatte. Sie aßen und redeten, sie redeten und aßen, und ohne zu überlegen, gab Sophie preis, was ihr Leben in den vorangegangenen Monaten verändert hatte, und sie widerstand der Versuchung, ihren Mann, ihren Noch-Mann, als nie erwachsen gewordenen Schuldigen darzustellen.

Vielleicht, Stefano, kennen Sie das? Man verliebt sich ineinander, man liebt oder will sich das einreden. Man kommt zusammen, hat viel zu tun im Berufsalltag. Man besitzt einen Haufen der Privilegien, die wir in unseren Breiten genießen, verliert sich aus den Augen, ohne den Anfang dieses Prozesses zu bemerken, und wünscht sich manchmal in ganz schwachen Minuten, dass es wieder so wäre wie am Anfang. Schließlich kommen die schwachen

Minuten häufiger, man weiß, dass sie kommen und fürchtet sich davor. Am Anfang habe ich Markus, meinem Mann, davon erzählt, versucht, ihn an meinen Befürchtungen teilhaben zu lassen. Er hat sich alles angehört, wohlerzogen, wie er ist, aber wahrscheinlich insgeheim an sein Vortragsmanuskript gedacht oder an eine Studentin, sicher jünger als ich, die ihn im Seminar angehimmelt hat. Als ich gemerkt habe, dass es egal ist, ob ich mein Innenleben auf dem Silbertablett ausbreite oder nicht, habe ich es gelassen, und ihm ist nicht einmal aufgefallen, dass er gar nichts mehr von mir mitbekommen hat. Vermutlich war er froh, seine Ruhe zu haben. Das klingt furchtbar banal, ich weiß, und Hunderte von Frauen erleben das Gleiche und bilden sich ein, ein sehr individuelles Schicksal zu haben. Wie ich.

Stefano hörte ihr zu, tauchte ab und zu seine Hand ins Wasser und stellte Fragen, Vergewisserungen, die dem nachspürten, was aus Sophie hervorbrach. Als sie von ihrem Malen und ihrer Arbeit zu erzählen begann, von ihrem Gefühl, morgens erschöpft in ihr winziges Büro zu gehen, in einem übersichtlichen Museum, das alle für einen wundervollen Arbeitsplatz hielten, und von ihrer Unsicherheit, ob es ihr gelänge, diesen Zustand, der ihr den Brustkorb einschnürte, zu beenden, unterbrach Stefano sie und sah sie so eindringlich an, als wären sie seit Jahr und Tag daran gewöhnt, über Persönliches zu sprechen.

Warum machen Sie, Sophie, nicht einfach etwas anderes? Warum sagen Sie ihrem Direktor nicht Lebewohl und fangen neu an?

Sophie ließ ihn kaum ausreden, fuhr sich mit einer Hand durchs Haar, eine Geste, die, das wusste sie, nahende Gereiztheit verriet, obwohl sie sich gleichzeitig wunderte, wie ruhig Stefano ihrer viel zu langen Rede zugehört hatte. Weil, Stefano, kein Mensch in der Lage ist, »neu anzufangen« – was soll das heißen? –, und weil ich nicht mehr die Allerjüngste bin und weil mir ... natürlich macht mir die Arbeit auch Freude, ich muss nicht in einem Steuerbüro sitzen, Bilanzen erstellen oder Müllgebührenbescheide ausfertigen. Und außerdem braucht mich mein Sohn, ja, ich habe einen Sohn, der neunzehn ist und im Ausland, aber vielleicht müsste ich Berlin verlassen und ...

Nahm Stefano sie ernst, oder lachte er sie aus? Sophie glaubte zu erkennen, dass er seine Augenbrauen hochzog und seine Oberlippe kräuselte, mit einem Anflug von Ironie und Staunen über diese Frau, die – kaum piekste man sie an – hochfuhr, als hätte sie sich in Silberdisteln gesetzt. Stefano schüttelte den Kopf. Nein, es ist leichter, als Sie denken. Ich habe mir abgewöhnt, Menschen zu glauben, die behaupten, sie wollten etwas anderes aus ihrem Leben machen und nicht mehr weiterleben wie bisher. Die meisten reden nur davon. Man tut, was man will, Sophie, mal abgesehen davon, wenn einen Krankheit oder Elend in die Knie zwingen. Man tut, was man will. Und wer mit einem Partner zusammenbleibt, mit dem ihn nicht mehr als eine gemeinsame Vergangenheit, als eine Geschichte, die sich gut erzählen lässt, verbindet, der will es nicht anders haben. Ich kenne Sie ja kaum, aber sie kommen mir nicht wie eine Frau vor, die sich auf Dauer damit abfindet, auf kleiner Flamme zu köcheln.

Sophie hatte Wirkung gezeigt. Nichts fiel ihr an Widerrede ein, und doch fühlte sie sich in die Enge getrieben, als müsste sie, an einem Bergteich sitzend, über ihre Zukunft entscheiden, und sie beschloss, Zeit mit einer Gegenfrage zu gewinnen. Tun Sie denn, was Sie wollen?

Zweifeln Sie nie daran, mit welchen Dingen Sie den Tag verbringen und ob Sie das Wichtige vom Unwichtigen unterscheiden?

Stefano schwieg. Wir müssen aufbrechen, unterwegs antworte ich Ihnen, so gut ich kann. Ich denke selten darüber nach, was richtig ist und was falsch, ich handele, wenn mein Bauch mir dazu rät, und merke im Nachhinein, ob ich in die Irre gegangen bin. Aber wenn Sie es gewohnt sind, in die Berge zu gehen, abseits der Wanderwege auf schwierigen Touren, dann bekommen Sie ein Gespür dafür, welche Route gut gewählt ist und welche nicht. Aber erst packen wir zusammen, sonst ist das Unwetter schneller als wir.

Nichts hatte Sophie von dem mitbekommen, was sich über ihren Köpfen zusammenbraute, von den schwarzen Wolkenballen, die die Baumwipfel zu berühren schienen. Lange konnte es nicht mehr dauern, bis der erste Regenguss niederkäme. Sie raffte ihre Sachen zusammen, kramte die Regenjacke aus dem Rucksack. Stefano gab ihr die Hand, damit sie gefahrlos über die krummen und schiefen Steine, die den Nixenteich einrahmten, kletterte, und sie zögerte nicht, ihm die Hand zu geben. Er war jünger als sie, das sah man, Ende dreißig vielleicht, und das Durcheinander seines Haarschopfes nahm es mit ihrem auf. Sie schritten kräftig aus. Sophie hatte Mühe, sein Tempo mitzugehen und ließ sich nichts anmerken. Möglich, dass wir uns im Sonnenhäusl unterstellen müssen, wenn die mich hereinlassen, murmelte er vor sich hin.

Haben die einen Blitzableiter?, fragte Sophie sich, der nicht wohl in ihrer Haut war. Selbst in Berlin mied sie es, bei Gewitter vor die Tür zu treten; als Kind hatte sie geweint und sich in ihrem Bett vergraben, kaum dass ein erstes Donnergrollen über dem Weinsberger Tal zu hören gewesen war. Der Hund, Jockel, ein Drahthaarfoxterrier, und sie verkrochen sich auf Kommando, warteten schlotternd, bis nichts mehr zu hören war, und Sophies Mutter Entwarnung gab. Ein klein bisschen besser hatte sie sich inzwischen im Griff, doch die Vorstellung, auf freiem Feld von zuckenden Blitzen überrascht zu werden, behagte ihr nicht. Welche Bäume sollte man meiden und welche nicht? Sie hatte es vergessen. Und war es nicht denkbar, dass man im Sonnenhäusl so großes Vertrauen in Gott oder irgendwelche spirituellen Abwehrkräfte setzte, dass man meinte, auf segensreiche Erfindungen wie den Blitzableiter verzichten zu können?

Als sie das offene Wiesenstück hinter sich ließen und der Abstieg zum Sonnenhäusl begann, kam Wind auf. Dicke Tropfen klatschten herunter, und Sophie duckte sich, um sich zwischen den sich aufbäumenden Zweigen durchzukämpfen. Hörte sie nicht von fern, von gar nicht so fern ein Donnergrollen? Oder bildete sie sich das ein? Stefano behielt seinen zügigen Schritt bei, sah sich ab und zu um. Sophie mühte sich, ihm zu folgen, geriet ins Stolpern und Taumeln, als sie ängstlich zum Himmel aufblickte und an einer sich über den Pfad schlängelnden Wurzel hängen blieb. Sie stöhnte leise auf. Mehr als zehn Minuten Weg konnten es nicht mehr sein, hoffentlich behielt ihr Vater recht, der sie früher damit aufgemuntert hatte, dass einem der Rückweg kürzer als der Hinweg vorkomme. Sicher war Stefano an grauenvolle Gewitter in den Bergen gewohnt, machte ihm das nicht das Geringste aus. Ein Blitz fuhr über den Berg, grellgelb. Sophie begann zu zählen. Wie war das? Wie maß man die Entfernung des Gewitters, wenn zehn, elf Sekunden vergingen, bis sich der Donner entlud? Durch drei teilen und dann hatte man … ja, was hatte man dann, die Entfernung in Kilometern? Wie verwirrt sie war, wenn ihr schon die Binsenweisheiten aus der Schulzeit entfielen.

Sophies Knie schmerzte. Ein falscher Tritt, eine Bewegung, die sie aus dem Takt kommen ließ, und schon meldete sich ihr Knie, das sie sich vor Jahren beim Volleyball verdreht hatte. Im Alter, hatte der Arzt tröstend zu ihr gesagt, werde sich ihr Knie als Wetterstation eignen und ihr jeden Umschwung anzeigen. Stefano trieb sie zur Eile an; fast schien es so, als läge Besorgnis in seiner Stimme, die vom Brausen des aufkommenden Sturms verschluckt wurde. Sophie kämpfte gegen den Schmerz an. Die verweichlichte Großstädterin geben und die Vorurteile der Einheimischen befeuern, das fehlte noch. Regentropfen klatschten in ihr Gesicht. Gut für den Teint, dachte sie und setzte vorsichtig einen Fuß vor den anderen.

Endlich lichtete sich der Wald, wenngleich das Grau dadurch lediglich eine hellere Färbung annahm. Eine schwarze Suppe lag über der Sonnenhäusl-Wiese. Die Laken waren rechtzeitig abgenommen worden, und die Konturen des Hauses, das wie ein abweisender Klotz wirkte, zeichneten sich schemenhaft ab. Sophie zögerte, Stefano zu folgen, der die Abkürzung über die abschüssige Wiese einschlug. Wenn sie nun hinfiele, wie als Kind den Hang hinunterkugeln würde …

Stefano blieb stehen, reichte ihr die Hand, die sie dankbar annahm. Weich fühlte sie sich an, als sei es überraschend, dass die Hand eines Südtirolers, der in einem Bergdorf lebte, nicht rau und rissig war. In Serpentinen stapften sie die rutschige Wiese hinunter; kaum noch erkannte sie Stefanos Kopf und Schultern. Wasser lief ihr übers Gesicht; ein Blitz riss den Himmel auf, Augenblicke später hämmerte der Donner hinterher, überschlug sich und ließ Sophie erzittern. Sie klammerte sich an Stefano, der sie die restlichen Meter über den Kies in das Eingangstor der Pension zog. In Sicherheit!, dachte Sophie, die fest darauf vertraute, dass irgendwo ein nicht aus der Vorkriegszeit stammender Blitzableiter über dem Sonnenhäusl wachte. Danach fragen wollte sie lieber nicht. Sie wischte sich mit dem Handrücken Wangen und Stirn trocken. Stefano und sie waren nicht die Einzigen, die Unterschlupf gesucht hatten. Eine Handvoll Wanderer tropfte vor sich hin, und auch in der Stube ging es lebhaft zu.

Kommen Sie, Sophie, ich lade Sie auf einen Zwetschgenkuchen ein. Stefano hatte ihre Hand nicht losgelassen. Er schaute sich zögerlich um, grüßte einen älteren Mann, der überrascht schien, Stefano hier zu treffen, und zog sich mit Sophie in das hintere Eck der Stube zurück. Schicht für Schicht entledigten sie sich ihrer Regenkleidung. Kaum vorzustellen, dass sie vor zwei Stunden noch im Nixenteich herumgehüpft war, wohingegen nun Wind und Regen gegen die Scheiben peitschten, und Wolken das Haus verschluckten. Allenfalls die Tische auf der schmalen Veranda waren zu erkennen.

Was darf's sein, Herr Erlacher? Eine Frau in Sophies Alter, die ein adrettes Dirndl trug, war an ihren Tisch getreten und musterte Stefano mit einem abschätzigen Blick, der gar nicht erst versuchte, Freundlichkeit auszustrahlen. Sind Sie wieder unterwegs, investigativ, wie Sie das nennen? Sophie lehnte sich zurück, als sei es geboten, den Weg für ein Gefecht freizugeben. Nein, nein, heute nicht, entgegnete Stefano mit einem nachdrücklichen Lächeln, ich weiß schon alles, Zwetschgenkuchen und zwei

Milchkaffee genügen. Die Frau nickte unwirsch und schien nicht daran zu denken, klein beizugeben.

Puh, rief Sophie aus, um von der eigentümlichen Situation abzulenken, wie gut, dass wir im Trockenen und Sicheren sitzen. Sicher ist es doch hier, oder? Sie sah Stefano an, dessen Gedanken nicht bei ihr und nicht beim Unwetter waren. Er blickte der Frau, offensichtlich die Besitzerin, nach; in seinem Gesicht spiegelten sich Trotz und Selbstbewusstsein.

Ein Kellner brachte Kuchen und Kaffee; mittlerweile waren alle Tische belegt, und zumindest die Sommergäste sahen beklommen nach draußen, in die schwarze Wand, und hoben, um das Donnergrollen zu übertönen, ihre Stimmen.

Sind Sie Journalist? Sophie wollte ihre Neugier nicht mehr bezähmen. Stefano betrachtete seine Gabel, führte ein großes Stück Kuchen zum Mund und kaute bedächtig. Ja, ein freier Journalist, wie man so sagt, seitdem ich in Villanders lebe. Er sprach so leise, dass sich Sophie zu ihm herüberbeugen musste. Früher war ich bei einem österreichischen Magazin fest angestellt, bis ich den Redaktionsalltag nicht mehr ausgehalten habe. Ein Hamsterrad ist ein Vergnügen dagegen. Sie erinnern sich, Sophie, man muss die Dinge beenden, wenn sie einen zu sehr bedrängen. Seither arbeite ich für verschiedene Zeitschriften, schreibe Reportagen, politische, historische, oft über Südtirol natürlich, und sitze an einem Reiseführer, in dem, wenn es mir gelingt, nicht nur die Sachen stehen werden, die in allen anderen Südtirol-Reiseführern stehen. Allerdings ist meine Beliebtheit zurzeit an einem Tiefpunkt angelangt, weil ich mich mit dem Sonnenhäusl-Erbauer befasse, mit dem Maler, der für seine Schwiegermutter dieses wunderschön schlichte Ensemble ausgeklügelt hat und der ein paar Jahre später den österreichischen Nazis, quasi als Illegaler, beigetreten ist.

Ja, entgegnete Sophie und nahm Stefanos Flüsterton auf, von dem habe ich gehört. Einer der Gäste in Zweikapellen hat davon erzählt. Stefano fuhr fort, darauf bedacht, seine Stimme zu senken, sobald eine Bedienung oder die Besitzerin in Hörweite kam. Vom Nazigeist infiziert, habe er Scheußlichkeiten gemalt, Hitler als mittelalterlichen Bannerträger, was den Gemalten – und Göring übrigens auch – so begeistert habe, dass er das Bild kaufen wollte. An Auszeichnungen habe es ihm nicht gemangelt. Bis 1945, versteht sich, fünf Jahre später ist er gestorben, verbittert natürlich und zurückgezogen, hier heroben lebend. Seit Monaten befrage er Leute, die ihn kannten, Galeristen, die wenigen alten Nazis, die es noch gibt, Familienangehörige, doch überall treffe er auf einsilbige Menschen oder auf solche, die den Maler als Verfolgten darstellten, auf seine Stillleben und Porträts verwiesen und Angst hätten, die Gegend erleide einen touristischen Imageschaden, wenn man in der Vergangenheit herumgrabe. Unten in der Bibliothek von Zweikapellen gebe es sicher Bücher über ihn, und wenn Sophie Lust habe, solle sie sich die Bilder ansehen. Wie sich das in einem Künstlerkopf ausgeht, auch biografisch, darüber schreibe er … und dürfe hinterher vermutlich keinen Fuß mehr aufs heilige Gelände setzen. Seine Porträts zum Beispiel – das könne sie viel besser beurteilen – seien zart und durchscheinend, sobald er Frauen male. Wenn er sich Männer vornehme, gleite das Ganze ins Martialische ab, nicht nur auf dem Hitler-Witzbild. Einen Titel für seine Reportage habe er schon: »Der Berg des Schweigens«.

Aber, sagte Sophie, die Pause nutzend, die Stefano zum Kaffeetrinken brauchte, das Sonnenhäusl ist ihm gelungen, oder? Ja, ja, gewiss, entgegnete Stefano, und man habe es in seinem Sinne restauriert, klare Konturen, kein neumodisches Zeug, und schauen Sie, wenn wir nachher absteigen, wie grandios dieser weiße Kasten daliegt. Das Haus sei zum Absprung bereit, hat einer mal geschrieben, und von welcher Seite aus man es auch sieht, großartig wirkt es, und die esoterischen Tanten, fast alles Deutsche, die sich unter die Gäste mischen, stören nicht sonderlich, selbst wenn sie auf der Wiese rhythmische Anbetungstänze vollführen.

Da habe ich ja Glück, Stefano, dass Sie mit mir sprechen und nicht fürchten, eine esoterische Tante vor sich zu haben. Sophie lachte laut auf und bemerkte erst jetzt, dass Stefanos Hand auf ihrer lag. Warten Sie ab, bis ich Sie einlade, mich nachts zu begleiten, um Mondkastanien oder was weiß ich zu sammeln. Mein Bad im Nixenteich war nur der Anfang. Wir haben in Zweikapellen eine nicht ausgelastete Liedermacherin. Ein Hinweis von mir, und Sie sind gezwungen, an einem Abend mit Sonnenhäusl-Beschwörungen teilzunehmen. Dazu gibt es Yoga-Tee und Brennnessel-Slow-Food. Was sagt eigentlich, lieber Stefano, Ihre Freundin dazu, wenn Sie sich – um im Bild zu bleiben – so in die Brennnesseln setzen? Sie Nestbeschmutzer …

21

Finden Sie nicht, dass die Natur übertreibt? Herr Haselberger lehnte sich über die Verandabrüstung und schüttelte den Kopf angesichts des Spektakels, das sich ihm und den anderen Schaulustigen bot. Sophie hielt sich im Hintergrund. Nachdem sich das Gewitter verzogen hatte, waren Stefano und sie nach Zweikapellen abgestiegen. Kurz vor dem Pichlerhof hatte sich Stefano verabschiedet – auf ungelenke Weise. Zögernd umarmte er Sophie, eine Geste, die nicht leicht zu interpretieren war. Zehn-, zwanzigmal rief sich Sophie diese Szene in Erinnerung, überlegte, ob seine Lippen bis zu ihrer linken Wange gelangt oder am Kragen der Jacke hängen geblieben waren. Was hatte sie gespürt? Und bildete sie sich ein, Stefanos regenfeuchte Hand hätte beim Abschiedskuss – wenn es denn einer war – ihre Nackenhaare gestreift, ein Erregungsterrain, auf das Verlass war? Erstaunlich, wie nervös ihr dieser so selbstsicher auftretende Mann in dem Moment vorgekommen war. Immerhin kehrte er, nachdem er sich abrupt abgewandt hatte, nach ein paar Schritten noch einmal um und hielt Sophie eine Visitenkarte entgegen. Für den Fall, dass Sie mich erreichen wollen, beim nächsten Gewitter zum Beispiel. Sophie ließ Sekunden verstreichen, ehe sie unschlüssig nach der Karte griff. Ich glaube, Stefano, die Wettervorhersage für die nächsten Tage ist erfreulich, von Unwettern ist keine Rede. Aber man weiß ja nie, in den Bergen. Machen Sie es gut.

Sophie hatte gewartet, bis er außer Sicht war, ehe sie für einen Moment die Augen schloss und lächelte. Was gefiel ihr an ihm? Keine Ahnung, aber was half es ihr, darüber nachzudenken? Eine glühend heiße Dusche, ein dickes Handtuch, frische Wäsche, ein Tee mit Schuss, ein ruhiger Platz auf der Veranda mit ihrem Roman, der von einer gestorbenen Ehefrau und der Erinnerung an Kindheitslieben handelte, und ein Dankeschön an Petrus, Christophorus und Kollegen dafür, dass sie sich für ein Bad im Nixenteich entschieden und das grauenvolle Gewitter überlebt hatte – mehr verlangte sie vom heutigen Tag nicht. Vom reichlichen Abendessen natürlich abgesehen.

Sophie hatte ihre Vorhaben samt und sonders umgesetzt und stand frisch gewaschen und gebügelt auf der Veranda, um einen Regenbogen zu bewundern, wie man ihn nicht alle Tage sah. Nein, genauer, zwei langgezogene, sich aufbäumende Regenbögen, die sich nebeneinander über das ganze Eisacktal spannten. Es tröpfelte noch, doch die Sonne hatte sich längst durch die abziehenden Gewitterwolken hindurchgekämpft; die Wiesen begannen zu dampfen, und als Sophie – das hatte sie sich verdient! – am Kuchentresen mit der schweren Entscheidung Kirsch oder Apfel kämpfte, drangen von außen die ersten Ah- und Oh-Rufe herein. Kommt schnell, Kinder, zwei Regenbögen, so was habt ihr noch nicht gesehen!

Binnen weniger Sekunden füllte sich die Veranda mit in die Hände klatschenden Kindern, darunter Sophies Legobauer, der sich, von einem Topf mit Gold erzählend, auf einen gefährlich schwankenden Stuhl stellte, und Erwachsenen, die ihre Mobiltelefone zückten, um ein Foto für die Nachurlaubszeit zu machen. Einige taten es verschämt, als sei es peinlich, sich so ungehemmt an einem Regenbogen zu erfreuen. Kitschig, völlig kitschig, die Natur sollte sich schämen! Sophie hörte erregte Rufe einer sich überschlagenden Stimme, die zweifelsohne dem Romantikspezialisten Köhler gehörte. Und Sie, meine Damen und Herren, sollten sich gleich mitschämen. Wer wird sich denn so leicht beeindrucken lassen. Regenbögen, Sonnenuntergänge, Bäume im wabernden Nebel – da sollte man die Augen schamhaft schließen und hoffen, dass die Show bald ein Ende findet. Stellen Sie sich das auf Postkarten oder Postern vor ... oder besser noch: auf einer Fototapete.

Sophie schlenderte zu Köhler hinüber, unsicher, wie ernst es ihm mit seinen Anti-Regenbogen-Tiraden war. Aber, aber, lieber Herr Köhler, wer wird denn den Menschen ihr Glück verübeln wollen, von den Kindern ganz zu schweigen? Da schwärmen Sie uns ständig etwas von der unfasslich großen Liebe Ihrer Madame Stieglitz vor und zitieren Gedichte, die ... nun ja ... auch nicht olympiareif sind, und einen Tag später werfen Sie der Natur vor, Kitschbilder zu produzieren. Ich bitte Sie, was kann die denn dafür?

Köhler, der es, wenn es um ästhetische Anschauungen ging, nicht gewohnt war, auf Widerspruch zu stoßen, schnappte nach Luft. Da war er heute bis nach Saubach marschiert und erleichtert vor dem ersten Regen zurückgekehrt, voller Ideen und ordentlich durchgepustet, und da wollte ihm diese junge Frau etwas von Naturschönheiten weismachen, obwohl sie den lieben langen Tag mit Bildern zu tun hatte, mit Impressionisten wohlgemerkt, denen außer Wiesen, Mohnblumen und Seinebrücken selten Famoses eingefallen war! Nicht zu überbieten an Monotonie! Sophie strahlte ihn an und deutete auf die andere Hangseite, wo die aufblitzende Sonne mal diesen und mal jenen Ort in ein fast unnatürlich helles Licht tauchte. Wie hießen die hingetupften Dörfer nur? Kastelruth, Völs? Nehmen Sie das, lieber Herr Köhler, einfach hin, und selbstverständlich würde ich Ihnen nie eine Ansichtskarte mit einem solchen Motiv schicken, niemals. Was halten Sie davon, wenn wir uns diese beiden freien Stühle schnappen und ich Sie zu einem Rotwein einlade. Zur Not drehen Sie Ihren Stuhl um hundertachtzig Grad, und starren an die Wand, bis sich das Wunder des Regenbogens verabschiedet hat.

Von wegen Wunder, schimpfte Köhler vor sich hin, alles erklärbar, wenn man sich auch nur einen Deut für Naturwissenschaften interessiert und sich nicht gleich ein X für ein U vormachen lässt. Aber wenn Sie mich so freundlich bitten, nehme ich Ihre Einladung widerspruchslos an. Die Kirche von Saubach hat mich übrigens maßlos enttäuscht. Aber davon erzähle ich Ihnen, wenn sich die Lage am Himmel und auf der Veranda beruhigt hat. Ist ja nicht zum Aushalten, dieses Fotogeklicke und diese rührseligen Mienen. Kaum fahren die Menschen in Urlaub, werden sie sentimental und glauben an das Schöne und Gute, finden Sie nicht auch?

Sophie schwieg, ließ Köhlers Frage wie ein Herbstblatt zu Boden sinken. Vielleicht stimmte das, vielleicht fiel es ihr zu Hause schwerer, an gute Wendungen zu glauben. Sie lebte gern in Berlin, seit einiger Zeit kam es ihr jedoch vor, als würde ihr jeder zweite Tag Anlass geben, sich aufzuregen. Über lasche Politiker, über obskure Investoren, die sogar beabsichtigten, ihr kleines Museum mit architektonisch einfallslosen Wohnsilos zu umstellen, und über ihren eigenen berechenbaren Trott, der verhieß, dass sich nichts ändern würde, wenn sie nichts ändern würde.

Sie hörte eine Stimme von rechts, die dem Regenbogen vorwarf, zu weit links aufzusteigen. Ein paar Meter würden fehlen, um das Wiesenstück drüben neben der großen Scheune komplett auszuleuchten, so aber ... Wie merkwürdig, dass zwei Regenbögen – nun gut, zwei kolossale Regenbögen – Menschen, die normalerweise beherrscht und distanziert auftraten, so in ihren Bann schlugen. Ungewohnter Trubel herrschte inzwischen auf der Veranda. So ging es vermutlich im August zu, wenn – wie Frau Gruber ihr nach dem Frühstück erzählt hatte – die Italiener nach Zweikapellen kamen und ältere Damen aus Deutschland, die einen flüsternden Gesprächston bevorzugten und sich intensiv der Lektüre hingaben, zur Verzweiflung brachten.

Ich hoffe, unterbrach Köhler ihre Gedanken, liebe Frau Hauffe, dass Sie nicht der Versuchung erliegen, einen Zeichenblock zu holen und das, wie sagt man, einmalige Naturschauspiel für die Ewigkeit oder zumindest ihre häusliche Schublade festzuhalten. Dass die Menschen nicht mehr Selbstdisziplin aufbringen! Sophie erhob ihr Weinglas und prostete dem bärbeißigen Gelehrten zu. Urteilen Sie nicht zu streng, lieber Herr Köhler? Keine Sorge, ich halte es im Moment gut aus, keine Regenbögen zu zeichnen. Aber vielleicht tue ich das morgen, wenn ich deren reales Bild nicht mehr vor Augen habe, wenn es sich vermischt mit all den Regenbögen, die ich in meinem bisherigen Leben gesehen habe, und wenn ich gezwungen sein werde, das Besondere der beeindruckenden Zweikapellen-

Regenbogenexemplare zu fixieren. Seien wir ehrlich: Versuchen wir nicht alle etwas festzuhalten, wenn wir malen, schreiben oder fotografieren? Von uns selbst womöglich? Oder wollen Sie mir erzählen, dass Ihre Biografie über die überspannten Eheleute Stieglitz nichts mir Ihrem Leben zu tun hat? Weshalb arbeiten Sie nicht in Ihrer Studierstube in Göttingen an Ihrem Opus, warum hier, wo es vor Ablenkungen – Tafelspitz, Vernatsch, Gewitter – nur so wimmelt?

Sophie merkte, wie ihr Blut auf angenehme Weise in Wallung geriet, wie der aufregende Tag sie aus ihrer Lethargie riss und sie kampfeslustig ihre Stacheln auf Angriff stellte. Ihr Opfer Köhler verschluckte sich an seinem Zweigelt und protestierte lautstark. Nur wegen der Bergluft, Frau Hauffe, komme ich hierher, von Ihrer Gesellschaft natürlich abgesehen, aber mit einer solchen war ja nicht zu rechnen. Mein Arzt hat mir zu einer Luftveränderung geraten, ans Meer wollte er mich schicken, als hätte ich Lust, durchs Watt zu marschieren, über Sandburgen zu stolpern und einen Sonnenstich zu bekommen. Dann schon lieber montanes Flair, und wenn mir diese Regenbogenanbeter und Bergfetischisten auf die Nerven gehen, ziehe ich mich in die kleine Bibliothek oder auf mein Zimmer zurück und begebe mich stillschweigend ins Berlin des frühen 19. Jahrhunderts.

Sie unterhielten sich eine ganze Weile. Sophie versuchte, ihn zu provozieren, aus ihm herauszukitzeln, was ihn am Forschen und Schreiben reizte. Ehrgeiz wie bei ihrem Mann spielte bei ihm wohl keine Rolle.

Das ist nicht so einfach, sagte Köhler. Zum einen wüsste ich nicht, was ich sonst tun sollte; ich bin in diesem Leben für nicht sehr viele Dinge geeignet, und das Unheil, das ich mit dem Schreiben anrichte, hält sich in Grenzen. Zum anderen habe ich den naiven Glauben, dass es mir gelingen wird, herauszufinden, wie sich das Drama um Charlotte Stieglitz wirklich abgespielt hat. Wir wissen zwar alle, dass alles, was wir uns über die Vergangenheit zusammenreimen, eine schöne Einbildung ist, die eine fundiert, die andere weniger, aber dennoch glauben wir natürlich, die Wahrheit gepachtet zu haben. Niemand kann leben mit der Überzeugung, alles Vergangene verschwommen zu sehen. Denken Sie, Frau Hauffe, an Ihr Leben, an Ihre Arbeit, an Ihre Familie – sofern Sie, pardon, eine haben –, und Sie spüren, dass Sie ein Bild davon besitzen, das Sie für richtig halten, oder?

Köhler ruderte inzwischen mit den Armen und beugte sich über den Tisch, als wolle er Sophie von seinen Argumenten körperlich überzeugen. Schauen Sie, schauen Sie – Köhler sprang auf –, die Regenbögen werden schwächer, endlich ist Ruhe mit diesem Zirkus. Sophie sah enttäuschte Gesichter bei den zu spät Gekommenen, die allenfalls erahnten, wo vor wenigen Minuten noch die beiden Bögen ihre satte Farbspur über den Himmel gezogen hatten. Langsam verblassten sie, schienen für Augenblicke wieder an Kraft zu gewinnen, doch in wenigen Minuten würde die Abendsonne die Oberhand gewinnen und die Regenbögen ins Urlaubsgedächtnis vertreiben. Sophie hatte darauf verzichtet, dem nachzuhelfen und ein Foto mit ihrem Handy zu machen. Immerhin hatte sie das Gerät mitgenommen und nutzte Köhlers Abgelenktsein, um es auf den Tisch zu legen, ganz beiläufig. Zum ersten Mal in diesen Ferientagen wartete sie nicht auf eine Nachricht ihres Sohnes. Warum hatte sie tatenlos zugesehen, als Stefano ihr seine Karte gegeben hatte? Nun, sie selbst hatte ihre blassgelben Visitenkarten – eine Geschmacksverfehlung sondergleichen! – erst gar nicht nach Zweikapellen mitgenommen, wozu auch – was also hätte sie Stefano in die Hand drücken sollen? Aber eine gedankenschnelle Frau wäre womöglich auf die Idee gekommen, auf einen Zettel, zur Not auf die Folie eines Müsliriegels, ihre Handynummer zu schreiben und sie mit einer lässigen Bemerkung dem sich verabschiedenden Wanderer mit auf den Weg zu geben. Stattdessen war sie wie ein Ölgötze stehen geblieben und sich souverän vorgekommen, nur weil sie so getan hatte, als interessiere sie sich nicht sonderlich für Stefanos Koordinaten. Wenn er ihre Nummer besäße, könnte sie sich in aller Ruhe zurücklehnen und darauf warten, dass er den nächsten Schritt täte. Doch nun lag der Ball in ihrem Spielfeld, und ohne einen Tritt von ihr würde er da seelenruhig verharren, schließlich konnte sie von Stefano kaum verlangen, beim jungen Gruber anzurufen und sie an den Apparat zu bitten.

Es war zum Verzweifeln, und Sophie, die gerade noch entspannt Köhlers Theorien gelauscht hatte, merkte, wie sich ihre Stimmung verfinsterte. Auf gar keinen Fall würde sie ihm eine Nachricht schicken, ganz zu schweigen davon, dass sie keine Vorstellung davon hatte, was in dieser Nachricht stehen könnte. Sie streckte ihrem Mobiltelefon, das sich unbeteiligt wie eh und je gab, die Zunge heraus und merkte zu spät, dass sich Köhler inzwischen befriedigt von den abgetretenen Naturereignissen abgewandt hatte, um das Gespräch mit ihr fortzusetzen. Unvermutet in das Gesicht einer bislang nicht auffälligen Frau zu blicken, die auf merkwürdige Weise mit ihrem Handy kommunizierte, ja, mit diesem abzurechnen schien, verdutzte ihn. Gewiss, er war Schrulligkeiten gewohnt, aber an einem derart gediegenen Urlaubsort hatte er nicht mit so offensichtlichen gerechnet.

Fühlen Sie sich gut, meine Liebe? Wäre nicht das ins Zentrum gerückte Handy im Weg gewesen, hätte Köhler wohl nicht gezögert, Sophies Unterarm zu berühren. Doch so schreckte er davor zurück, das gemaßregelte Telefon womöglich zu berühren, und wartete teilnahmsvoll auf eine Erklärung, die ihm Sophie selbstverständlich verweigerte. Ja, ja, mir geht es gut, habe mich über mich selbst geärgert, was mir in Berlin ständig und hier eher selten passiert. Und dann lassen mir Ihre Worte keine Ruhe, nein, nicht die über die Notwendigkeit, sich von romantischen Himmelserscheinungen abzuwenden, sondern die über die Erinnerungsverzerrungen, die uns qua Einbildung unterlaufen, ob wir wollen oder nicht, weil wir Vergangenes verschwommen sehen. Meinen Sie, es spielt eine Rolle, ob wir uns an erfreuliche oder unerfreuliche Momente unseres Lebens erinnern? Oder ändert das nichts? Und ist es egal, wann und wo wir zurückdenken? Meinen Sie, ich denke an meinen Mann, der sich vor einem halben Jahr davongemacht hat, freundlicher zurück, wenn ich auf elfhundert Metern Südtiroler Höhe sitze, als wenn ich mir im nasskalten Wilmersdorf bei ausgefallener Heizung seine Eskapaden vor Augen führe?

Frau Hauffe, das sind Fragen, das sind Fragen! Natürlich denken und fühlen wir nicht neutral, und deshalb versuche ich ja, wenn ich mich in den Kopf und das Herz von Charlotte Stieglitz schleiche, die unterschiedlichsten Beweggründe und Abläufe in diesem Kopf und diesem Herzen auseinanderzuhalten. Ein liebender Mensch oder sagen wir besser: ein Mensch, der sich frisch verliebt hat, legt einen goldenen Schimmer über seine Gegenwart und seine Vergangenheit, eine Art Weichzeichner, Sie verstehen? Nehmen Sie Christian Morgenstern, einer unserer Zweikapellen-Vorläufer, der als kranker Mann die Liebe seines Lebens, wie man so sagt, hier kennengelernt hat, eine preußische, in die Anthroposophie vernarrte Generalstochter. Vier Jahre waren die beiden, bis zu Morgensterns Tod, verheiratet, und rührenderweise wollten sie eingedenk ihres Kennenlernens helfen, die beiden Kapellen zu sanieren. Was glauben Sie, Frau Hauffe, wie Morgensterns Gedichte klingen, die von diesem entscheidenden Sommer – 1908 war es, meine ich – handeln? Lesen Sie die, schöne Verse sind das. Keine Angst, ich fange nicht an zu rezitieren, zumal wir beide die Letzten sind, die noch nicht zum Abendessen aufgebrochen sind! Ein unhaltbarer Zustand – was gibt es eigentlich heute? Kitsch macht hungrig.

Sophie sah sich verwundert um. Hatten sie beide Richards Läuten überhört, den Aufbruch all der vom Regenbogenanblick befeuerten Gäste? Morgenstern war hier, murmelte Sophie und stand auf. Sie steckte ihr Telefon ein, nicht ohne unschlüssig mit der Handinnenfläche darüber zu streichen. Vielleicht später, nach dem Essen, vielleicht bin ich dann eine mutige Frau.

Steinpilzsoufflé gibt es, Sie wandelnder Wikipedia-Konkurrent, was Sie alles wissen, Herr Köhler. Steinpilzsoufflé, oder war das gestern? Und danach ein Gulasch, oder gibt's das morgen?

22

gewitterängste überstanden? vielleicht sollten wir mal bei trockener witterung wandern. s.

Zwei Minuten nach Mitternacht hatte ihr Handy ein Benachrichtigungssignal von sich gegeben. Endlich. Nach dem Abendessen, einem Zigarillo und einem lustlos geführten Gespräch mit der Münchnerin, die sich nicht erklären konnte, wer die Süddeutsche tagtäglich an sich bringe und ihr damit das als Münchnerin zustehende Recht auf ihre Zeitung nehme. Früher sei es in Zweikapellen anders zugegangen, kultivierter, feiner. Künstler seien ein- und ausgegangen. Und Adelige. Heutzutage hingegen … Sophie hatte genickt und sich hinter den Rauchschwaden ihres Zigarillos versteckt. Die Wangen der Münchnerin röteten sich von Minute zu Minute mehr, und der Turmbau ihrer Haare wankte bei jedem Erregungsschub. Sie nippte ständig an ihrem Weinglas, ohne zu trinken, und schien von Sophie definitive Auskunft über den Verbleib ihres Leib-und-Magen-Blattes zu erwarten. Die zuckte mit den Achseln und beschloss, sich schleunigst zu verabschieden. Sie blickte der englischen Familie über die Schultern – die wie jeden Abend Karten spielte und ihren Nachtisch auf der Veranda aß –, ehe sie sich unauffällig auf den Weg in ihr

Zimmer machte. Sie wollte mit niemandem sprechen; der Tag war aufregend gewesen, und natürlich wusste sie, woher ihre Unruhe kam, diese Unausgeglichenheit. Selbst beim Abendessen hatte sie, als die Petersens vom Bummel durch Brixen berichteten, verstohlen auf ihr Telefon geschaut und anschließend mit einem Gabelhieb das Soufflé zerstört. Ein dringendes Bedürfnis, mit ihr Kontakt aufzunehmen, schien Herrn Erlacher nicht zu überkommen, vermutlich hatte sie seine unbeholfene Umarmung – ja, es war eine Umarmung gewesen, ganz sicher! – falsch gedeutet. Wahrscheinlich machten Südtiroler Männer das mit jeder Frau, die sie ritterlich vor Blitzeinschlägen bewahrten, und man täte gut daran, sich nichts dabei zu denken.

Missmutig war sie nach oben gestapft, hatte von irgendwoher Gitarrenklänge gehört und sich zum ersten Mal die Stiche angesehen, die im Treppenhaus hingen. Frauen und Männer in Traditionstrachten, ein Krautschneider aus dem Montafon, eine Näherin aus Istrien, eine Magd vom Tegernsee … Sophie meinte in die Vergangenheit zu blicken, in eine ländliche Sagenwelt, die mit ihr und ihrem Leben nichts zu tun hatte. Gut, dass sich die Grubers nicht hatten verleiten lassen, aus Zweikapellen ein Romantikhotel zu machen, das Großstädtern einredete, es ließe sich problemlos in die Vergangenheit zurückkehren, in ein urwüchsiges Dasein, das nur aus sortenreinem Bioapfelsaft und Dinkelschrot bestehe. Sophie verspürte kein Verlangen, sich von ihrem bisherigen Leben, das sich seit dem Studium fast nur in Städten abgespielt hatte, zu verabschieden. Sie wollte den roten Faden ihrer bald sechsundvierzig Jahre festhalten oder sich wenigstens einreden, einen solchen Faden zu besitzen. Aber mit Geschick sollte es ihr gelingen, ihn in eine andere Richtung zu ziehen, vorsichtig, damit er nicht riss. Den Beruf einer Krautschneiderin strebte sie nicht an, egal, wie ausgebrannt sie sich an manchen Tagen fühlte.

Sophie war zusammengezuckt, als die Treppenstufen plötzlich ächzten und der junge Gruber an ihr vorbeihastete. Auch er stutzte, wunderte sich über Sophie, die meistens zu denjenigen gehörte, die bis zuletzt die Nachtluft auf der Terrasse auskosteten. Geht's schon ins Bett, Frau Hauffe? Oder suchen Sie nach Motiven für Ihre Studien? Sophie stotterte ein paar unverständliche Worte, sich darüber wundernd, dass sich ihre Zeichnerei herumgesprochen hatte. Viel blieb in Zweikapellen nicht verborgen, so sehr man sich abschottete.

Nein, ich habe mir nur vorgestellt, wie ein Krautschneider seine Kohlköpfe traktiert und wenn ich Sie gerade sehe, Herr Gruber, dann … Einem Impuls, einem leichtfertigen Impuls folgend, wollte Sophie den jungen Gruber nach Stefano befragen, wollte mit irgendjemandem über ihn reden, seinen Namen aussprechen … doch zum Glück hielt sie in letzter Sekunde inne und lenkte, weil ihr nichts Besseres einfiel, ihren Satz auf die Buslinie Barbian – Bozen. Ob Gruber wisse, wie oft der Bus morgens fahre, da sie vorhabe, einen Tag in Bozen zu verbringen, zum Einkaufen, wie es sich für eine Frau gehöre.

Gruber zögerte einen Moment, als hätte er gemerkt, dass Sophies Gedanken Sprünge machten. Wenn es recht ist, kann ich Sie morgen, so gegen neun, mitnehmen. Frau Petersen möchte mitfahren. Ich muss sowieso in die Stadt, Besorgungen machen, und am Nachmittag fahren genügend Busse zurück. Sophie, die sich wenige Minuten zuvor gar nicht sicher war, wann sie die Fahrt nach Bozen unternehmen wollte, stimmte begeistert zu, dankte Gruber für sein Angebot. Und dann reden wir übers Krautschneiden, ja? Bis morgen und eine gute Nacht.

Sophie stolperte die Treppe hoch, hinein in den schwach ausgeleuchteten, mit dämpfenden Läufern ausgelegten Gang und ließ die Tür zu ihrem Zimmer erleichtert zuschnappen. So wusste sie immerhin, wie sie den nächsten Tag verbringen würde, im Bozener Getümmel, an der Seite von Haushaltswarengeschäftsbetreiberin Annerose – hieß sie Annerose? – Petersen, die für Überspanntheiten nicht empfänglich war. Das würde ihr guttun, und wenn Sophie jetzt die Kraft aufbrächte, ihr Terrorhandy auszuschalten, dann würde sie, so wirr es in ihrem Kopf zuging, bald erleichtert einschlafen.

Doch Sophie hatte ihre Willenskraft überschätzt und lediglich an ihrem Handy herumgespielt, ohne den entscheidenden Knopf zu drücken. Bis sie einnickte, in voller Montur, quer übers Bett ausgestreckt. Und bis sich das Handy rührte, bis es das tat, worauf Sophie während der letzten fünf Stunden gewartet hatte. Sei ehrlich, Frau Hauffe: Hättest du seine Nummer gehabt, wärst du es gewesen, die sich gemeldet hätte. Mit einem Mal war sie hellwach, ging ins Bad, nahm einen großen Schluck Hahnenwasser, das man in der Gegend unbedenklich trinken konnte, näherte sich umständlich ihrem Handy und las, was Stefano schrieb. »gewitterängste überstanden? vielleicht sollten wir mal bei trockener witterung wandern. s.« Einmal, zweimal, dreimal, viermal. Und fast ein fünftes Mal, obwohl Stefanos Dreizeiler keinen riesigen Interpretationsspielraum offen ließ. Natürlich werde ich erst morgen früh antworten, rief sie lauthals aus, und begann eine halbe Minute später ihm eine Nachricht zu schreiben. Unterkühlt im Ton, fast desinteressiert …

23

Wie aus dem Ei gepellt, so hätte ihre Mutter gesagt, saß Sophie auf der kleinen Sonnenbank vor dem Haus, ein paar Schritte von dem Tischchen entfernt, an dem die Grubers nachmittags oft Platz nahmen und so taten, als führte man ein Familienleben ohne Hotelgäste, die einem ständig über die Schulter sahen. Punkt halb neun hatte sie sich vom Frühstückstisch entfernt, Annerose Petersen ein Handzeichen gegeben und sich in Warteposition für den Abstecher nach Bozen gebracht. Was es für eine Anstrengung bedeutete, sich zu einem solchen Kraftakt zu entschließen. Erst als sie ihren luftigen, schwarz-lila getupften Rock und ein raffiniertes Top anzog, sich sorgfältig schminkte und erstmals nicht wie eine Bergbewohnerin aussah, merkte sie, wie stark sie sich den gleichförmigen Hotelrhythmus bereits angeeignet hatte. Je länger man hier war, desto weniger sah man ein, warum man sich hinunter ins Tal bewegen sollte. Ein wenig graute ihr vor der Touristenschwemme in Bozen, zumal, wie der Mann aus Krefeld ihr am Vorabend zugerufen hatte, wieder sieben Stunden Sonnenscheindauer angesagt waren. Sie würde tapfer sein und nahm sich vor, es bei einem Tag Stadtabenteuer zu belassen.

Frau Hauffe, ich komme! Ist unser Chauffeur startklar? Frau Petersen wälzte sich die Verandastufen hinunter, und ihr Outfit ließ keinen Zweifel daran, dass sie froh darüber war, endlich auf festes Schuhwerk und Regenjacken verzichten zu dürfen. Sie trug eine Art Ballonrock, wie ihn Sophie in Berlin seit Jahren nicht mehr gesehen hatte, und eine Bluse mit Blumenmuster, die ihre ausladende Büste auffallend zur Geltung brachte. Ist es nicht herrlich, liebe Frau Hauffe, dass wir zusammen einen Stadtbummel unternehmen, so ganz ohne Männer? Ich meine, ohne den meinigen, der sicher den ganzen Vormittag unseren Mitarbeitern mit Mails und Telefonaten auf die Nerven gehen wird. Als hätte es nicht bis nach dem Urlaub Zeit, irgendwelche Alfons-Schuhbeck-Eierbecher zu ordern. Und Sie haben ja erst gar keinen Mann mitgebracht, eine Idee, über die sich nachzudenken lohnt. Sie lachte dröhnend, was ihren Busen in gehörige Wallung versetzte, und schien keine Antwort zu erwarten. Was hätte ihr Sophie auch erzählen sollen, die Geschichte ihrer Ehe oder der etwa fünfzehn Kurznachrichten, die sie sich letzte Nacht mit Stefano Erlacher geschickt hatte? Die Gefühle haben Schweigepflicht, dachte Sophie und schämte sich, in Schlagertiteln zu denken, aber dieses Musikstück, das sie beim Herfahren im Auto gehört hatte, ging ihr partout nicht aus dem Kopf. Immerhin hatte sie ihr Handy im Zimmer gelassen, welche Leistung! Du bist ja kein Teenager mehr, Frau Hauffe, bestärkte sie sich und vermutete, dass kein Mensch mehr Teenager sagte. Oder Backfisch, eines der Lieblingswörter ihres Vaters.

Frau Petersen wippte erwartungsvoll auf der Bank und schwang die Füße wie ein junges Mädchen hin und her. Sie schien die Ankunft des jungen Gruber kaum erwarten zu können. Ihr Wortschwall perlte an Sophie ab. Schuhe und Hüte, ja, offenkundig wollte sich Frau Petersen in Bozen nach Schuhen und Hüten umsehen. Filzpantoffeln mussten es sein. Sophie nickte freundlich und fühlte Unsicherheit aufkommen, ob sie diesen Gemeinschaftsausflug mit der Hamburger Haushaltswarengeschäftsbetreiberin überleben würde.

Können wir endlich aufbrechen? Der junge Gruber stürmte aus dem Haus und tat so, als habe er Stunden auf die beiden Frauen gewartet. Fesch sah er aus, dachte Sophie, in seiner hellen Baumwollhose und seiner dünnen Trachtenjacke. Auf geht's, ich hab viel zu tun, und Sie wollen sicher das Bozener Wirtschaftsleben ankurbeln, wir brauchen die Umsätze.

Gruber fuhr sein Auto vor, ein schweres Gefährt, das sich sofort in den Fuhrpark der Kastner-Bergtaxis hätte einreihen lassen. Eilig überließ Sophie Frau Petersen den Beifahrersitz und damit den unmittelbaren Zugang zum Hotelbesitzer, obwohl sie ahnte, dass das Schaukeln ihrem Magen keine Freude bereiten würde. Hoffentlich schaffte sie es hinunter bis zur Landstraße nach Bozen, ohne das Frühstücksmüsli von sich zu geben.

Erst als sie den Waldweg hinter sich gebracht und Barbian erreicht hatten, wagte es Sophie, sich in das von Frau Petersen fast ausschließlich bestrittene Gespräch einzumischen. Zu jeder Abzweigung und zu jeder verlassenen Hütte fiel ihr eine brisante Frage ein, auf die der junge Gruber in bewundernswerter Langmut antwortete. Als sich Frau Petersen nach dem Baumeister erkundigte, der für den schiefen Kirchturm von Barbian verantwortlich war, nutzte Sophie die Gunst des Augenblicks und ließ den Namen des Malers fallen, der das Sonnenhäusl entworfen hatte. Ob der weitere Häuser gebaut habe? Sie habe das neulich nicht recht mitbekommen.

Sophie genoss es, ihre unschuldig klingenden Fragepfeile aus dem geschützten Fond des Wagens abzuschießen, und ihr kam es so vor, als würden sich Grubers Schultern anspannen und er länger als üblich über seine Antwort nachdenken.

Was alle Welt mit dem plötzlich hat!, rief er aus, schüttelte den Kopf eine Spur zu demonstrativ und nahm die nächste Kurve besonders rasant. Der sei ein anerkannter Maler gewesen, habe sich dann an die Nazis gehängt und sei außerhalb seiner Heimat nie mehr auf die Beine gekommen. Einsam sei es um ihn geworden nach dem Krieg. Aber das sei keine einfache Sache, plötzlich geächtet zu werden. Frau Hauffe möge sich einfach seine Bilder ansehen, auch die scheußlichen Hitler-Sachen, und selbst urteilen. Sie verstehe ja was davon.

Sophie zögerte mit einer Antwort, da sie merkte, wie angespannt Gruber auf dieses Thema reagierte. Hitler-Sachen? Frau Petersen meldete sich zu Wort, verblüfft darüber, welche Wendung das Gespräch genommen hatte. Haben Sie hier auch mit jungen Rechtsradikalen zu tun?, fragte sie. Das hätte ich, lieber Herr Gruber, nie für möglich gehalten. Aber sicher nicht unter den Zweikapellen-Gästen, oder? Erregt schob sie ihre Blumenbluse auf den Fahrersitz zu, voller Hoffnung, dass der junge Gruber ihr diese Furcht rasch nähme. Sophie verkniff sich ein Lächeln und setzte eine sehr ernste Miene auf, falls der junge Gruber im Rückspiegel ihre Blicke auffangen sollte.

Aber nein, was für ein Unsinn! Damals in den Dreißigerjahren hat es unter den Südtirolern, wie anderswo auch, Anhänger der Nazis gegeben. Das ist kein Geheimnis. Vermutlich, Frau Hauffe, hat sie der Erlacher auf diese Fährte gebracht, oder?

Erlacher, wer ist denn das, auch ein Maler?, schaltete sich Frau Petersen ein, die Angst bekam, den Gesprächsfaden vollends zu verlieren. Sophie hätte diesen Namen lieber unter anderen Umständen gehört, doch sie freute sich insgeheim, den jungen Gruber aus der Reserve gelockt zu haben. Ich weiß nicht, wie er heißt, log sie, aber ich habe gestern zufällig einen Journalisten aus Villanders getroffen, als das Gewitter aufzog, und der hat mir vom Sonnenhäusl und seiner Geschichte erzählt. Als Kunsthistorikerin interessiert mich das.

Gruber gab Gas und schwieg sich aus, während Frau Petersen, der das Unwohlsein ins Gesicht geschrieben stand, alles daransetzte, das Thema zu wechseln. Was das reizende Sonnenhäusl mit Hitler zu tun haben sollte, war ihr ein Rätsel, und so merkte sie in ihrer Not an, wie sehr sie sich auf den Grillabend am Freitag freue. Gruber brummte vor sich hin, und Sophie war es zufrieden, den Namen Erlacher ins Gespräch gebracht zu haben. Wenn es einem gelang, den souveränen Gruber-Wirt aus der Fassung zu bringen, musste das ein richtiger Kerl sein.

Wortkarg kämpfte sich das Trio durch den schleppenden Verkehr. Offenkundig machte sich alle Welt auf den Weg nach Bozen, und Sophie fing schon vor der Ankunft an, ihren Entschluss zu bereuen. Warum war sie nicht auf dem Berg geblieben und freute sich auf den morgigen Tag? In ihrer siebten oder achten SMS hatte sie Stefano vorgeschlagen, eine Wanderung zu unternehmen, hinauf zum Totensee. Er hatte sich gewunden und von Wanderkarawanen gesprochen, denen er sich auf keinen Fall anschließen wolle. Sophies Antworten waren knapp und entschieden ausgefallen. Ob es nicht auf die innere Einstellung ankomme. Und ob ihre Gegenwart nicht für alle Unannehmlichkeiten entschädige. Tapfer hatte sie – sich an die deutlichen Worte ihres Sohnes zu diesem Thema erinnernd – darauf verzichtet, ihrer Nachricht ein Smiley anzuhängen. Überraschend schnell hatte der knallharte Rechercheur klein beigegeben, und so waren sie jetzt verabredet, für morgen früh um zehn Uhr an der Gasser-Hütte. Stefano käme mit dem Motorrad, während sie den Ausflugsshuttle des Hotels, der vom Sägewerk startete, nehmen würde. Ihre letzte Nachricht hatte Sophie mit »Ein Kuss, Sophie, und diesmal besser platziert, bitte« beendet und danach das Handy sofort abgestellt.

Ein unterdrücktes Fluchen des jungen Gruber brachte sie zurück in die Realität. In Frau Petersens Nacken bildeten sich kleine Schweißtropfen; entgegen ihrer Gewohnheit war sie verstummt und hoffte inständig darauf, bald am Ziel angelangt zu sein. Nach knapp einer Stunde hatten sie es geschafft. Ohne sich um übergroße Freundlichkeit zu bemühen, entließ Gruber seine Gäste am Rande der Innenstadt. Um vier würde er sie, wenn es recht sei, vor dem Parkhaus einsammeln, vorausgesetzt, die Einkaufspakete ließen sich im Kofferraum verstauen. Die Rückreise mit dem Bus sei zu umständlich, und vielleicht wäre Sophie bis zum Nachmittag ein fruchtbareres Gesprächsthema eingefallen.

Sophie versuchte in seinem Gesicht zu lesen, ob er ernsthaft verstimmt war, doch ehe sie sich versah, fielen die Autotüren krachend ins Schloss, und der Wagen heulte auf, als wolle er an einer Alpenrallye teilnehmen.

Meine Güte, Frau Hauffe, ich bin völlig erschöpft. Viel mehr, als wenn mich mein Mann an zwei Tagen hintereinander zum Rittner Horn hinaufjagt. Sehen Sie, wie schwer mein Atem geht und wie verschwitzt ich bin! Was provozieren Sie unseren Herrn Gruber aber auch so? Verstanden habe ich das nicht. Adolf Hitler war Pensionsgast im Sonnenhäusl? Das kann ich mir gar nicht vorstellen, das hätte den anderen Gästen nicht gefallen, oder? Also, mir wäre das unangenehm gewesen, mit Hitler zu frühstücken, mir reicht es schon, wenn uns in Zweikapellen ein Moderator aus dem Fernsehen über den Weg läuft.

Sophie zog es vor, die Unterhaltung nicht zu vertiefen und die Frage nach dem rätselhaften Logis des Führers nicht aufzuklären. Was halten Sie davon, liebe Frau Petersen, wenn wir uns um eins treffen, da vor der Kirche, und eine Kleinigkeit zusammen essen? Und natürlich übertrumpfen wir uns gegenseitig mit unseren Einkäufen, einverstanden? Annerose Petersen blieb nichts anderes übrig, als zuzustimmen, obwohl sie darauf gehofft hatte, an Sophies Seite durch die Arkadengeschäfte zu streifen. Doch Sophie kannte kein Erbarmen, drehte sich abrupt um, winkte der Verlassenen freundlich zu und bog in die erste Gasse ein, ohne ein Ziel zu haben.

24

Eine Stunde später spürte Sophie Anzeichen von Erschöpfung. Konnte man vom bloßen Herumschlendern müde werden? Warum blieben die Leute nicht auf den Bergen und traten sich stattdessen in Bozen auf den Füßen herum? Ein Sprachengewirr lag über der Altstadt, alle Touristen schienen sich bergfrei gegeben zu haben, um nach Mitbringseln Ausschau zu halten. Sophie begann, sich nach der Ruhe von Zweikapellen zurückzusehnen. Unschlüssig zog sie über den Markt, hatte nicht die geringste Idee, womit sie Tina und Brigitte eine Freude machen könnte. Mit dieser in Berlin nicht aufzutreibenden körnigen, glutamatfreien Gemüsebrühe, die in der Gegend produziert wurde und deren Namen Sophie nicht erinnerte?

Vor sechs Jahren hatte sie sich ein Speckmesser gekauft, Südtiroler Handarbeit, glaubte sie zumindest. Zweimal war es zu Hause zum Einsatz gekommen. Eingeschweißte Speckseiten brauchte sie nicht zu kaufen; sie würde während der Zweikapellen-Tage ihre Jahresration an Geräuchertem zu sich nehmen. Allenfalls für die morgige Wanderung könnte sie ein Jausenpaket zusammenstellen. Wenn sie mit Stefano zum Totensee marschieren würde, eine eigentümliche Vorstellung. Wie schnell sich ihr Innenleben binnen einer Woche verändert hatte. Und natürlich hatte sie völlig vergessen, Stefanos Privatleben auszukundschaften. Würde es sie stören, wenn sie erführe, dass er eine Freundin hätte? Immerhin schien er allein zu leben. Was hatte er in der Gertraudskapelle gesagt? Naiv wäre es anzunehmen, dass ein Mann wie er abstinent lebte. Wie sie, seit Monaten. Es war an der Zeit, diesen Zustand zu ändern und nicht bei jedem einzelnen Schritt zu fragen, welche Konsequenzen er nach sich zöge. Wie viele Jahre ihres Lebens hatte sie damit verbracht, abzuwägen und zurückzuschrecken, wie ein aufgescheuchter Hase in die Zukunft zu schauen und sich nach ihrem Mann oder ihrem Sohn zu richten. Oder nach ihrem Direktor. Nein, sie klagte nicht über ihr Leben, und wahrscheinlich würde sie, wenn es eine Möglichkeit gäbe, den Resetknopf zu drücken, nur an wenigen Etappen der letzten zwanzig Jahre grundsätzlich anders handeln. Möglicherweise empfand Markus wie sie, wollte aufbrechen, ehe die Knochen morsch wurden, und hatte deshalb beschlossen, alles hinzuwerfen. Übertriebenes Verständnis wollte sie für ihn aber nicht aufbringen …

Passen Sie doch auf! Haben Sie keine Augen im Kopf? In ihre mäandrierenden Gedanken versunken, hatte Sophie nicht darauf geachtet, dass sie nicht allein über den Bozener Markt streifte, und war in ein Paar gelaufen, das sich über das Angebot eines Käsestandes beugte. Der kräftige Mann taumelte einen Schritt zurück und sah Sophie, die ihn an der Schulter erwischt haben musste, verwundert an, während seine Frau, eine gertenschlanke Person mit halblangen blonden Haaren, Sophie ihre Verärgerung über den Zusammenstoß zuzischte.

Ich bin … ich war in Gedanken … Sophie stotterte vor

sich hin. Zum Glück schienen sich ihre Kontrahenten rasch zu beruhigen. Der Mann strich sich über seinen weißgrauen Bart. Froh sei er, nicht in die Bananen und Gurken gestoßen worden zu sein. Nie wäre er da wieder hochgekommen. Sophie meinte die Gesichter der beiden schon einmal gesehen zu haben. Im Fernsehen, im Theater … erinnerte sie diese Frau nicht an eine Schauspielerin, aus einer Serie, fünfzehn, zwanzig Jahre musste das her sein. Sie sah aus, ja, sie sah aus wie diese ehrgeizige Bankangestellte in dem Mehrteiler, der vom Untergang eines Möbelhauses handelte. Sophie starrte die Frau an und versuchte eine Brücke zu schlagen von dem gegenwärtigen Eindruck zu den Umrissen ihres Erinnerungsbildes. Damals … meine Güte, wie hatte sie damals ausgesehen, als sie Felix überredete, in den Kindergarten zu gehen und vor allem dort zu bleiben, als sie nicht einen Gedanken daran verschwendete, irgendwann älter zu werden.

Geht es Ihnen gut? Die blonde Frau strich über Sophies Oberarm. Brauchen Sie Hilfe? Nein, nein, erwiderte Sophie und tauchte aus der Vergangenheit auf, ich dachte nur, dass Sie mich … aber entschuldigen Sie, dass ich wie Emma-guck-in-die-Luft durch die Stadt tappe und unschuldige Menschen über den Haufen renne. Sophie überlegte kurz, die Opfer zu einem Kaffee einzuladen, doch der Mann, der unter keiner schweren Schulterprellung litt, hatte sich bereits von ihr abgewandt und entwickelte ein brennendes Interesse an der üppigen Artischockenauslage. Sophie verabschiedete sich hastig, lächelte der Schauspielerin zu, deren Namen sie heute Abend googeln würde. Irgendetwas Amerikanisches …

Sie überquerte den Markt, hielt an einem Kräuter- und Gewürzstand an. Steinpilze, getrocknete Steinpilze, die würde sie mitnehmen für sich und ihre Freundinnen. Sonderlich originell war das nicht, aber die Steinpilze, die hoffentlich nicht aus Polen oder der Ukraine stammten, ließen sich für Soßen oder Risotto wunderbar verwenden. In großen Zellophantüten verkaufte man die hier, die nächsten drei Jahre waren gesichert, zumindest in Sachen Steinpilze.

Beglückt darüber, die Souvenirfrage gelöst zu haben, bog sie in eine Gasse ab und betrat ein Hut- und Schuhgeschäft, das ihr vom letzten Mal vertraut war. Ein verwinkelter Laden mit mehreren Aufgängen und Fluren, der mehrere Laubenhäuser miteinander verband. Elegantes Kalbslederschuhwerk lagerte auf dem Tisch im Entree, während sich an den Wänden Hüte ausbreiteten. Ein leichter Sommerhut, das würde zu ihr passen, ein Teil, das sie in Berlin niemals anziehen würde und das sie deshalb unbedingt haben musste. Bloß kein einfacher Strohhut.

Sophie schlenderte unschlüssig hin und her, bis sie einen ausladenden Weidenkorb erblickte, in dem sich Strick- und Häkelhüte in allen Farben türmten. Weiß, außer Weiß kam nichts in Frage, und mit ein paar Handgriffen kramte Sophie ein luftiges Teil aus dem Stoß und setzte es auf. Prüfend sah sie in den Spiegel – leider ein entsetzlicher Anblick, damit würde sie nicht einmal einen verlassenen brandenburgischen See umrunden. Sie warf den Hut zurück in den Korb und zog weiter zu einer Wanddekoration mit Hirschgeweihen, an deren Enden kunterbunt Alm-und-Wiesen-Hüte aufgesteckt waren. Wenn schon, denn schon, dachte Sophie, und probierte mehrere der grauen Lodenhüte auf – wie nannte man die? Sepplhüte? Trachtenhüte? Lachen gilt nicht, Frau Hauffe. Sie drehte sich vor dem Spiegel, ihre Finger streiften über die schmale Krempe und die grüne Hanfkordel, die den Hut umfasste. Damit ins Museum und sie würde sofort ins Archiv versetzt, da dieser Anblick den Besuchern nicht zuzumuten wäre. Sophie fand sich großartig in dieser Verkleidung, das konnte sich sehen lassen – wie heute überhaupt einer jener Tage war, an dem sie sich gefiel, recht gut gefiel. Das Preisschild versetzte ihr einen Schock, einen, der aber nach zwei tiefen Atemzügen auszuhalten war, und als sie sich noch einmal vor dem Spiegel von allen Seiten betrachtete, hörte sie einen begeisterten Aufschrei vom Treppenabsatz her.

Wie im Film, Frau Hauffe, wie im Film schauen Sie aus. Mit diesem Hut können Sie eine Bergärztin beim Nachmittagskaffee spielen, und Sie sehen damit so jugendlich aus, dass man Sie für Iris Berbens Tochter hält. Obwohl ich die gar nicht mag, die Mutter, meine ich, wahrscheinlich weil mein Mann so von ihr schwärmt und mir mit so einem merkwürdigen Gesichtsausdruck mitteilt, dass die Berben genau so alt wie ich ist. Unverschämtheit, als hätte ich die Zeit und das Geld, den ganzen Tag Gurkenmasken aufzulegen oder Buttermilchbäder zu nehmen. Aber Sie sehen toll aus, Frau Hauffe. Den Hut müssen Sie nehmen und ihn in Zweikapellen ausführen. Da wird unser Freund Köhler glatt seine Stieglitz vergessen und ein Buch über Sie schreiben!

Sophie strahlte über Frau Petersens Begeisterungsschub, der an Herzlichkeit nicht zu überbieten war. Wenn Sie das sagen, glaube ich es sofort. Haben Sie denn auch etwas Schönes gefunden?

Ach, meine Beste, was soll ich mir groß kaufen? Mit so einem Filzhut sähe ich wie eine überdrehte Rentnerin aus, die vor der Einlieferung ins Heim zum allerletzten Gefecht aufbricht. Nein, nein, ich kenne meine Grenzen, und mein Torben würde mir den Marsch blasen, wenn ich mit einer Wolltasche auf dem Kopf zurückkäme. Aber Sie können das tragen, mühelos. Nein, bei mir reicht es wieder mal nur zu Filzpantoffeln. Die haben hier die flauschigsten Puschen, die ich kenne. Was glauben Sie, wie meine Füße sich abends über weiche Pantoffeln freuen, wenn ich mir stundenlang im Laden die Beine in den Bauch getreten und Auflaufformen oder Bräter unter die Leute gebracht habe! Ich nehme gleich drei Paar mit. Warten Sie, wir können zusammen zur Kasse gehen, und dann habe ich Hunger, woher weiß ich nicht, aber dieses Bozen ist schrecklich anstrengend, finden Sie nicht auch?

Sophie fand das auch, und so saßen sie, mit Tüten beladen, alsbald in einer Pizzeria und bestellten als Erstes einen Krug Weißwein. Den Hut probierte Sophie gleich aus. Wenn sie recht informiert war, war es Frauen erlaubt, in geschlossenen Räumen den Hut aufzubehalten. Oder galt das nur für Kirchen? Frau Petersen verzichtete schweren Herzens darauf, ihre Filzpantoffeln überzustreifen, und machte sich stattdessen über eine mit Speckwürfeln überzogene Spinatpizza her.

25

Ach, nein, Angela, ich weiß nicht, ich wollte Silvester nichts unternehmen, gar nichts. Kein Bleigießen, kein Käsefondue, kein »Dinner for one«, keine Leuchtraketen, kein Besäufnis, nicht einmal ein Anstoßen um Mitternacht. Nein, ich werde nicht, wie sagst du, Trübsal blasen, weder ins Kissen weinen noch meinen Fast-Exgatten mitten in der Nacht anrufen. Vermutlich würde ich ihn ohnehin dabei stören, wie er durch Szenekneipen in Mitte zieht.

Angela ließ nicht locker, schien Sophie nicht ernst zu nehmen und beharrte darauf, dass eine Frau von Mitte vierzig unmöglich den Silvesterabend allein verbringen dürfe. Du kommst mit, keine Widerrede, wir gehen in ein Kino im Osten, in so einen verranzten Programmladen, in den sich Charlottenburgerinnen und Schönebergerinnen nur angeschickert hineintrauen, und sehen uns »Die Feuerzangenbowle« an, verdrücken ein paar Tränen, wenn Heinz Rühmann und seine Liebste zusammenkommen, und dann wischen wir die Tränen weg und gehen in eine neu eröffnete Bar, nicht weit vom U-Bahnhof Eisenacher Platz. Ich habe sie getestet und einen großen Tisch für uns reserviert, zwei, drei Leute kennst du, und wir werden dafür sorgen, dass du nicht ungeküsst ins neue Jahr kommst. Tanzen musst du auch, also verschone uns mit deinen Bergstiefeln, die dich sowieso nur sentimental werden lassen. Verstanden, Süße?

Unfähig, sich dieses Dauerbeschusses zu erwehren, gab Sophie jeden Widerstand auf und ließ sich, nachdem sich Angela mit einem »Bis morgen dann« verabschiedet hatte, auf eine Bank im Volkspark fallen, nicht weit von einem Spielplatz, auf dem trotz der Kälte lautstarkes Treiben herrschte, und dem alten RIAS-Gebäude, in dem sie vor ein, zwei Monaten zum Werk eines französischen Spätimpressionisten befragt worden war. Natürlich nur, weil ihr Chef unabkömmlich gewesen war und sie ihn großzügigerweise vertreten durfte. Hinterher hatte er an ihren Sätzen herumgemäkelt und sich beklagt, dass sie die Rolle des Museums nicht genügend herausgestellt habe. Sophie hatte ihm betroffen zugehört, an etwas anderes gedacht und nicht widersprochen. Was brachte das schon.

Silvester mit Angelas Clique … hoffentlich wurde das nicht zum Fiasko. Andererseits schadete es nicht, dieses verflixte Jahr feuchtfröhlich zu beenden. Einige von Angelas Freunden kannte sie, ein bunter Haufen unkonventioneller Typen mit nicht langweiligen Berufen, die sich auf ihre Unkonventionalität nicht zu viel einbildeten. Und eine neue Bar kennenzulernen, schadete nichts. Längst hatte sich Sophie daran gewöhnt, in die immer gleichen Restaurants und Cafés zu gehen. Manchmal hatte sie früher, wenn ihr Markus und Felix auf die Nerven gingen, den erstbesten Bus genommen und sich irgendwo in einem fremden Stadtteil in einer fremden Eckkneipe zu fremden Leuten gesetzt. Ein Bier, dazu eine Boulette mit viel Senf und die lautstarke Berliner Volksmeinung, gelegentlich von resoluten Kellnerinnen eingedämmt, die man sich nirgendwo anders hätte vorstellen können. Wahrscheinlich waren diese urigen Schauplätze längst Sze-

nelokalen gewichen. Ehe sich die ersten vom Schultheiss-Pilsener ermutigten Männer trauten, sie anzusprechen, pflegte sie das Weite zu suchen und kehrte heim zu ihrem kopfschüttelnden Mann, der ihr Launenhaftigkeit und Unberechenbarkeit vorwarf. Die übliche Litanei also.

Auf Angelas Spürsinn war Verlass, und so würde die Bar für einen Silvesterringelpiez sicher taugen. Ringelpiez ... gut, dass Felix sie nicht denken hörte. Immer wenn Sophie vorsintflutliche Wendungen gebrauchte und man ihr die Ironie nicht anmerkte, gab Felix Würgegeräusche von sich und forderte seine Mutter auf, sich zeitgemäß auszudrücken, um den Kontakt zur Jugend, also zu ihrem Sohn, nicht zu verlieren.

Auf dem Spielplatz versuchte ein Junge – höchstens sieben war der –, sich am Klettergerüst hochzuziehen. Er hatte geduldig abgewartet, bis sich die anderen Kinder verzogen und er das Spielgerät mit niemandem teilen musste. Wie ich als Kind, dachte Sophie. Der Aufforderung ihrer Mutter – »Nun spiel schön mit den anderen« – war sie nur widerwillig nachgekommen. Sie hatte sich hinter einer Rutsche versteckt und ihre Mutter den Glauben gelassen, dass sich ihre Tochter bestens mit Gleichaltrigen amüsiere.

Der Kletterer ging seiner Beschäftigung konzentriert nach, als hätte er eine Steilwand zu bewältigen. Alle paar Handgriffe suchte er mit den Blicken seine Mutter, suchte nach Bestätigung, nach einem Lob, das ihn stolz machte. Sophie erinnerte sich an den kleinen Legobauer in Zweikapellen, der ähnlich bedächtig zu Werke gegangen war. Einmal hatte Sophie ihm geholfen, auf den Tischen vor der Kastanie, als sein Polizeipräsidium zusammengebrochen war und er aufgeweint hatte. Mit Sophies Unterstützung war es ihm gelungen, im zweiten Anlauf ein stabileres Gebäude mit dicker Po-

lizei-Aufschrift zu bauen. Das Gefängnis, hatte ihr der Kleine erläutert, sei das Wichtigste, denn dahin brächte er die Räuber, die er mit seinem Revolver zur Strecke bringe. Nur Wasser und Brot bekämen die in ihrer Zelle, keinen Kaiserschmarrn, kein Nutellabrot und keine Apfelsaftschorle. Nach einer Woche waren der Legobauer und seine Eltern, mit denen Sophie kaum ein Wort gewechselt hatte, abgereist, und mit ernstem Gesicht hatte sich der Junge von ihr verabschiedet und ihr ein gutes Jahr gewünscht. Im nächsten Sommer würde er wieder nach Zweikapellen kommen, das habe er seinen Eltern bereits mitgeteilt.

Eine Woche mit Legobauer und ohne Stefano. Eine halbe Woche ohne Legobauer und mit Stefano. Und dann der traurige Rest. Ein in Stücke zerfallener Urlaub. Angefressen und erschöpft angereist, zu Kräften und zur Ruhe gekommen, jeden Tag ein bisschen mehr, sich aus heiterem Regenbogenhimmel so verliebt, dass in ihrem Herzen keine Kammer neben der anderen blieb … bis Stefano verschwand, mit Ansage gewiss, aber doch auf eine Art, die sie ratlos gemacht hatte. Den ganzen Herbst über litt sie darunter, obwohl er sich regelmäßig meldete, der vielbeschäftigte Journalist, der, nachdem sein Artikel über den Sonnenhäusl-Maler erschienen war, unter dem marktschreierischen Titel »Der Berg des Schweigens«, dem Eisacktal lieber den Rücken zugekehrt hatte. Ein Exemplar des Magazins hatte Stefano ihr geschickt, mit einer Postkarte, das ein Bild des Malers zeigte, die Rückenansicht einer nackten Frau, die auf einem Bett saß mit einem Blatt Papier in der linken Hand.

Stefanos Widmung hatte nichts an Deutlichkeit zu wünschen übrig gelassen, doch wann immer sie ihn am Telefon auf die Zukunft oder auch nur das nächste Jahr ansprach, zögerte er, als wolle er Sophie die Entscheidung aufhalsen.

Er sei Reporter und deshalb häufig unterwegs, woran sich so schnell nichts ändern werde. Nachdem sein Artikel, über den sich die lokale Presse ausschwieg, erschienen war, hatte Stefano gern zwei Auslandsaufträge angenommen. Steine hatte man in seinen Garten in Villanders geworfen, umwickelt von Drohbriefen, die ihn als Verräter beschimpften. Das mache ihm keine Angst, die meisten Leute seien vernünftig und würden ihn zumindest als Querkopf akzeptieren. Dennoch war er in den Wochen danach kaum zu erreichen gewesen; ein einziges Mal hatten sie sich seit Zweikapellen wiedergesehen, in München im Glockenbachviertel, in einem Hotelzimmer, das sie an diesem Wochenende so gut wie nie verlassen hatten.

Von den anderen Zweikapellen-Gästen hörte Sophie nach ihrer Rückkehr wenig. So nah man sich in solchen Urlaubswochen kam, so schnell verblassten die Erinnerungen – nicht alle! –, und nach einer Weile wäre es einem aufdringlich vorgekommen, Mails oder Briefe an diejenigen zu schicken, mit denen man Zirbenspaghetti und Ossobuco geteilt hatte. Immerhin, Philologe Köhler hatte sich gemeldet und Sophie Sonderdrucke geschickt, alle aufs Charmanteste dediziert, und Annerose Petersen, die gute Seele, ließ es sich nicht nehmen, ihr eine Schachtel mit zwei Espressotassen – keine Ladenhüter, ich bitte Sie, liebe Frau Hauffe! – zu schenken, versehen mit einem Visitenkärtchen, das die Vorzüge des Petersen'schen Geschäftes in Reimen pries. Wofür sicher ihr Gatte die Verantwortung trug.

Sophie stand auf. Fast hätte sie dem jungen Kletterer zugewinkt. Bis nach oben hatte er es geschafft und wedelte mit den Händen. Sie würde zu Fuß nach Hause gehen, durch den Volkspark, am Fennsee vorbei, ein paar Haken schlagen und die Bundesallee meiden. Die wahren Berliner Dramen spiel-

ten sich in den Seitenstraßen ab, vor allem am frühen Abend, wenn die Nerven der Erwachsenen bloß lagen und vor jeder dritten Haustür giftige Wortwechsel zu hören waren. In der Güntzelstraße könnte sie beim Schlachter vorbeigehen. Wenn sie nur wüsste, auf was sie Appetit hatte.

26

Unkonzentriert, wie sie war, gelang es Sophie kaum, sich in das von einem Thema zum anderen springende Gespräch der Reisegesellschaft einzuschalten. Gut, dass sie sich nicht vorne neben den alten Kastner gesetzt hatte, der ganz in seinem Element war, sobald er den unverständigen Touristen sein Südtirol erklärte, weitschweifig und in Variationen, die er seit vielen Jahren beherrschte. Wie oft mochte er schon die Geschichte von dem reichen Deutschen erzählt haben, der in einem Bozener Parkhaus seinen Porsche abgestellt und nicht wiedergefunden hatte. Die Polizei sei herbeizitiert worden, vom niederträchtigen Diebstahl seines fabrikneuen Autos habe der Mann wutschnaubend gesprochen, ehe er nach einem Rundgang mit den Polizisten seinen Wagen auf einer anderen als der vermuteten Etage wiedergefunden habe, unbeschadet. Nichts machte Kastner mehr Freude, als sich an der Dummheit eines deutschen Sportwagenfahrers zu weiden, und ob er sich die Geschichte ausgedacht hatte oder nicht, tat nichts zur Sache. Seine Fahrgäste lachten höflich mit, selbst die beiden Franzosen, die keine Silbe von dem verstanden, was Kastner in seinem knorrigen Tonfall zum Besten gab.

Ein knappes Dutzend hatte sich zusammengefunden, um zum Totenkirchl aufzusteigen. Keine schwere Tour, aber eine, die sich über vierhundert Höhenmeter langsam hinzog. Einige würden vor dem Ziel sicher die Segel streichen und auf einer der Almen auf halber Strecke einkehren. Um halb fünf würde das Kastner-Taxi die müden Wanderer an der Gasser-Hütte wieder einsammeln. Und wer nicht pünktlich ist, fügte Kastner polternd hinzu, muss im Wald übernachten.

Die Hälfte der Wanderlustigen kannte Sophie, Zweikapellen-Gäste, zwei Paare logierten, wie sie erzählten, im Sonnenhäusl. Pia Kremm und ihr Begleiter nahmen im Fond Platz; beim Einsteigen hatte die Sängerin Sophie einen Briefumschlag zugesteckt: Neue Texte, Frau Hauffe! Ein unglaublicher Schub habe sie während der letzten Tage erfasst, und der junge Gruber sei so freundlich gewesen, sie an seinen Drucker zu lassen. Vielleicht könne Sophie nachher bei einer Rast einen Blick darauf werfen und ihr Ratschläge geben, wo man die Verse zuspitzen könnte. Das wird schwer möglich sein, hatte Sophie erwidert und in ihre Miene mehr Unverbindlichkeit als Freundlichkeit gesteckt. Es war höchste Zeit, ein paar Grenzpfähle zu setzen. Weshalb sollte sie sich im Urlaub mit Pia Kremms Problemen herumschlagen? Dennoch bereute sie ihre harsche Antwort wenig später und wich den Blicken der offensichtlich gekränkten Sängerin im Bergtaxi aus. Immerhin hatte Sophie in einem Nebensatz fallenlassen, dass sie sich nicht der Gruppe anschließen werde, sie sei mit Freunden, die sie lange nicht mehr gesehen habe, verabredet. Dass es sich nur um einen Freund, um Stefano, handelte, verschwieg sie. Darüber würden sich die anderen sowieso bald das Maul zerreißen.

Kastner genoss es, sein voll beladenes Gefährt um die Kurven zu lenken. Im Rückspiegel sah Sophie seine Augen, die lustig aufblinzelten, sobald seine Gäste in den Kehren aneinander gepresst wurden. Gegenverkehr wünschte man sich auf diesen Sträßchen nicht, und als Kastner auf den Parkplatz der Gasser-Hütte einbog, spürte man die Erleichterung unter seinen Fahrgästen. Sophie schnappte sich ihren Rucksack, in dem sie Pia Kremms Umschlag verstaut hatte, zwischen Äpfeln und einer Tafel Schokolade. Wir kehren auf der Pfroderalm ein, hatte Stefano ihr geschrieben, die hat der Touristenchic noch nicht zerstört.

Für Viertel nach zehn waren sie verabredet, am Unterstand mit der Umgebungskarte, er käme mit dem Motorrad. Sophie machte sich eilig aus dem Staub, winkte Pia Kremm zu. Ihr Atmen geriet vor Aufregung ins Stocken. Hoffentlich bildete sie sich alles nicht nur ein. Vielleicht brachte Stefano jeden Sommer damit zu, Zweikapellener Singlefrauen die Tage zu versüßen. Oder er brauchte lediglich eine Begleiterin für den Totensee-Aufstieg, der in seinen Augen sicher nicht mehr als ein Spaziergang war.

Zwei Minuten vor der Zeit fuhr ein Motorrad, das schon bessere Tage gesehen hatte, auf dem geschotterten Teil des Parkplatzes vor. Stefano nahm seinen schwarzen, an einer Seite eingedellten Helm ab, verschloss sein Fahrzeug, griff nach einem grünen Rucksack und ging auf Sophie zu, als sei es selbstverständlich, mit ihr den Tag zu verbringen. Ohne jedes Zeichen von Unsicherheit nahm er sie in den Arm und fuhr ihr mit zwei Fingern über die Schläfe. Sie küsste ihn zurück, irgendwohin zwischen Wange und Mundwinkel. Er roch gut, nach Fahrtwind und nach Zimt oder Nelken.

Gehen wir los? Sophie nickte und kümmerte sich nicht darum, dass die anderen aus dem Bergtaxi noch nicht aufgebrochen waren, unschlüssig am Hütteneingang standen und der Begrüßungsszene mit großem Interesse folgten. So gab es in Zweikapellen heute Abend Gesprächsstoff für alle und im Sonnenhäusl vermutlich auch, vor allem wenn jemand Stefano erkannte.

Eine halbe Stunde hatte Sophie am Morgen vor dem Spiegel gestanden, unsicher, was sie anziehen sollte. Hätte es sich um eine Vernissage in Berlin gehandelt, wäre ihr die Auswahl nicht schwergefallen. Ihr Fundus an schwarzen Röcken und Hosenanzügen beeindruckte sie selbst, doch die wenigen edleren Stücke, die sie eingepackt hatte, waren für eine Tageswanderung völlig ungeeignet. Stefano musste ihre Reize auch in Kniebundhose und karierter Bluse erkennen. Immerhin setzte sie ihren Bozener Trachtenhut auf, der Annerose Petersen so viel Freude gemacht hatte und Stefano aufheitern würde. Mit einem Mann zu lachen war kein schlechter Anfang.

Sie schritten aus, überholten die ersten Wanderer, von denen einige versucht schienen, in der ersten Alm Rast zu machen. Nach einer guten halben Stunde verließen sie den Wald; Kühe käuten links und rechts wieder. Der Weg führte gemächlich ansteigend durch Wiesenflächen hindurch. Hölzerne Abflussrinnen querten ihn; sie gingen an Chalets vorbei, edle Zweitwohnsitze, deren Fensterläden zugeklappt waren. Stefano kannte die Besitzer, erzählte Sophie deren Lebensgeschichten. Er malte aus, baute Anekdoten ein und duldete keinen Spaß, wenn er sie für Neureiche hielt, die besser im Tal geblieben wären. Sophie redete weniger als er, doch es machte ihr nichts aus. Wie kläglich hatte sie sich manchmal an Markus' Seite gefühlt, wenn er zu ellenlangen Vorträgen ansetzte, gleichgültig, ob sich die Umstehenden dafür interessierten.

Stefanos Tempo hielt sich in Grenzen, und Sophie war froh, in den Tagen davor Kondition getankt zu haben. Nach einer knappen Stunde sah man am Ende des sich windenden Wegs das Totenkirchl in der Ferne. Wie angenehm, das Ziel vor Augen zu haben und nicht nach jeder Wegbiegung darauf hoffen zu müssen, dass die angestrebte Berghütte endlich auftauchen würde. Sophie dachte an ihren Vater. Dass es ihm hier gefallen hätte, gefallen würde – warum fiel es ihr so schwer zu akzeptieren, dass ihr Vater nie wieder einen Ausflug in die Berge unternehmen würde, dass sie und ihre Schwester sich glücklich schätzen mussten, wenn er es einmal am Tag durchs Dorf schaffte und er sich sonntags nicht weigerte, mit dem Auto nach Neulautern ins Café chauffiert zu werden. Einfach würden die nächsten Jahre nicht werden, und das Ertragen ihrer Gewissensbisse, weil sie als Tochter knapp sechshundert Kilometer vom Schauplatz des schnellen Alterns entfernt wohnte, nicht weniger.

Ehe sie sich versah, erzählte sie Stefano von ihren Eltern, vom Tod der Mutter, von ihrem »Haltet zusammen!«, dem letzten Satz auf dem Sterbebett, und vom Ende ihrer Ehe. Je mehr sie ausholte – er unterbrach sie gelegentlich und fragte nach –, desto leichter fiel ihr das Reden. Sie duzten sich, ohne sich darauf geeinigt zu haben. Die Konturen des Kirchleins rückten näher heran. Stefano schlug vor, für eine Rast vom Hauptweg abzuweichen, dort hinten gebe es ein paar verschwiegene Ecken, abseits der ausgeschilderten Wanderwege. Ich hoffe, du hast wieder Kaminwurzen dabei? Nichts da, entgegnete Sophie, ich bin davon ausgegangen, dass du mich in ein exquisites, mondän gelegenes Bergrestaurant ausführst. Als gut verdienender Reporter sollte das kein Problem sein, oder?

Stefano lachte nicht und setzte sich auf einen quer liegenden Baumstamm. Wenn du wüsstest, wie sich das Metier in den letzten Jahren geändert hat. Man muss wie ein Wilder ackern, um als Freier Aufträge zu bekommen, und man muss mobil sein, um denjenigen Paroli zu bieten, die ihre Artikel lieber aus dem Internet zusammenschustern. Wie schwer es gewesen sei, die Sonnenhäusl-Geschichte an den Mann zu bringen. Erst als er die Hitler-Gemälde erwähnt habe, seien die Redakteure hellhörig geworden, und wenn er auf Sensationen erpicht wäre, hätte er das ausgeschlachtet und einen Skandal vom Zaun gebrochen. Dabei gehe es ihm nur um Ehrlichkeit, um den Versuch, Menschen zu verstehen, die vor siebzig Jahren auf eine Weise gehandelt hatten, die heute kaum nachzuvollziehen sei. Wahrscheinlich wird man über uns später nicht anders denken – solange uns nicht alle vergessen haben.

Stefano holte eine Wasserflasche aus der Seitentasche seines Rucksacks. Erst gestern, Sophie, habe ich mit einem Historiker geredet, der in einem Buch nachzeichnet, wie sich nach dem Krieg hochrangige NS-Täter, Eichmann und Priebke zum Beispiel, in Südtirol versteckt gehalten hätten, geschützt sogar von Geistlichen, die aus lauter Angst vor den Kommunisten mit Mördern paktierten. Von Sterzing aus seien die Nazis dann unbehelligt nach Südamerika geflüchtet. Stefano war aufgestanden, redete mit Händen und Füßen, als wolle er nicht nur Sophie von dem überzeugen, was ihn umtrieb. Die schaute ihn an, staunend darüber, wie dieser Mann keine Sekunde versuchte, sie zu umgarnen oder vielleicht zu küssen – der Waldwinkel, in dem sie saßen, wäre ideal geeignet dafür –, sondern das zu erklären versuchte, was ihn bewegte. Als hätte er Sophies Gedanken gelesen, unterbrach er sich und schaute sie entschuldigend an. Verzeih mir, ich verpatze wieder alles. Anstatt mit dir über die Zäune zu springen und die Kühe zu erschrecken, rede ich dir die Ohren voll mit uralten Geschichten, für die mich meine Landsleute mehr verachten denn lieben, und mit den Lebensläufen von uralten Männern, die zum Glück längst unter der Erde liegen. Aber manchmal muss man sich die Erde genau ansehen, auf der man groß wird, oder? Ehe man wieder nach vorne schaut.

Er zog Sophie mit beiden Händen nach oben, sie ließ ihren Rucksack fallen, und er küsste sie, ohne einen Zweifel an der Ernsthaftigkeit des Kusses zu lassen. Endlich ein Kuss, der saß, dachte Sophie, endlich wieder ein Kuss, vermischt mit einem Nelkenaroma, das Sophie bis gestern – das hätte sie geschworen – abgelehnt hätte. So schnell stellten sich die Geruchsnerven auf neue Gegebenheiten ein. Auch in ihrem Alter. Beruhigend.

27

Sophie hätte sich gern im Spiegel gesehen, ihr Strahlen überprüft, ihre Ungläubigkeit registriert, doch sie wagte es nicht, sich vorzubeugen, um in Kastners Rückspiegel zu blicken. Gut schauen Sie aus, gnädige Frau, hatte der sie begrüßt, die Hände in seinem blauen Schurz vergraben, und von der Weite der Hochebene geschwärmt. Sophie hatte unkonzentriert ein »Ja, wundervoll« gemurmelt und Stefano hinterhergesehen, der sich, nachdem sie sich kurz vor der Gasser-Hütte voneinander getrennt hatten, auf sein Motorrad schwang.

Die meisten anderen klagten über Blasen an den Füßen, bevor sie ihre Eindrücke vom Totensee wiedergaben. Zum Glück waren sie so ermattet, dass sie schweigend auf die Sitze im Bus fielen und sich nur danach sehnten, wieder in ihre Unterkünfte zu gelangen. Sophie hatte sich ins hinterste Eck des Kleinbusses gezwängt und die Augen geschlossen, Erholungsschlaf simulierend.

Welche unterschiedlichen Arten von Erschöpfung es gab. Eine sehr kurze Wanderung war das gewesen, eine, die – das wollte sie sich einbilden – ihr Leben verändern würde, wie auch immer. Stefano und sie hatten ihren Rastplatz, diese Mulde am Waldrand, nicht verlassen, drei

Stunden lang. Während Kastner zu einem Schwank aus seinem Taxifahrerleben ansetzte und von einer französischen Bergsteigerin erzählte, die dürr wie eine indische Kuh und ausdauernd wie eine Südtiroler Gämse gewesen sei, lief in Sophies Kopf die zweite Wiederholung des Erotikfilms, dessen Besetzungsliste zwei Darsteller hatte, sie und Stefano, und der vor wenigen Stunden gedreht worden war.

Sex an ungewöhnlichen Orten – Sophie hatte das für eine abgedroschene Phantasie gehalten, ausgeheckt von Männern, die nie über die klassische Missionarsstellung hinausgelangt waren und von hektischem Gevögel in Aufzügen, Kaufhausumkleiden oder Tiefgaragen träumten. Sophie war bereit, ihre Vorstellungen zu revidieren … wenn sie daran dachte, wie schreckhaft sie anfangs auf jeden knackenden Zweig, auf jeden Vogelruf geachtet und sich erst nach einer Weile auf Stefanos Fingerfertigkeit vollständig eingelassen hatte. Alle Szenen verschwammen in ihrem Kopf und lösten sich dann wieder in ihre Einzelteile auf, in sehr konkrete Erinnerungssplitter, in Stefanos behaarten Brustkorb, in seine Tätowierung an der Schulter, deren Einzelheiten zu erkennen keine Zeit war, in seine Schenkel, deren Muskeln sich bei jeder Bewegung abzeichneten, in seine Hände, die, wenn er sein Hemd ablegte, feingliedrig aussahen, in seinen Haarschopf, wie er über ihre Brüste fuhr, sich an ihrem Bauch, ihrem Schoß rieb … Er zog sie an sich, stieß sie weg, um sie anzusehen, sie wandte ihren Blick keinen Augenblick ab, tastete jede Partie seines Körpers ab und unterbrach ihre Eroberungen nur, um ihn zu küssen, wieder und wieder. Er drehte sich auf den Rücken, spreizte alle Viere von sich, was bei anderen schamlos erschienen wäre, wirkte bei ihm auf der Villanderer Höhe wie ein alltäglicher, selbstverständlicher Vorgang. Wenn Wanderer, womöglich Zweikapellen-Mitbewohner, durchs Dickicht brächen, sie überraschten – einmal dachte Sophie daran, dann nicht mehr. Es war ihr egal, komplett egal … was hatte sich da aufgetürmt in ihr, was wollte herausbrechen, was brach heraus, entlud sich, in einem Aufstöhnen und Schreien, das Sophie mit letzter Anstrengung dämpfte. Man musste die Tiere des Waldes nicht erschrecken oder die Kühe provozieren, ihre wiederkäuende Sanftmut abzulegen. Stefano konzentrierte sich ganz auf sie und ihren Körper, nichts kam ihr aufgesetzt vor, und trotzdem meinte sie zu spüren, wie er das Besondere dieser Eroberung genoss. Alltäglich war hier nichts, alles Alltägliche verschwand unter der Liebeswelle, die sich in wenigen Minuten aufgebaut hatte. Ein Kuss genügte, um Sophie aus der Haut fahren zu lassen.

Sie blieben erschöpft liegen, erst zuckend, dann sich beruhigend. Sophies Atmen verlangsamte sich, sein kräftiger Oberschenkel schlang sich um ihre. Er biss in ihren Nacken, hielt sich an ihren Brüsten fest, die Sophie fülliger denn je vorkamen, und fuhr durch ihr Haar, in dem sich Moos, Tannennadeln und sicher auch Ameisen verfingen. Was sie nicht störte.

Wie lange waren sie geblieben? Nichts hatten sie vom Totenkirchl gesehen, keinen Totensee angeschaut, kein Radler auf der Pfroderalm getrunken, keine Speckknödelsuppe gegessen. Kein einziges Tier zeigte für sie Interesse, und wie durch ein Wunder kam kein Wanderer vom Weg ab und wunderte sich über die waldunübliche Geräuschkulisse, verursacht von einem Liebespaar, das sich auf einer Kirchenbank kennengelernt hatte. Was würde ihr

Sohn, was ihr Mann von ihr denken, wenn sie wüssten, welch exklusives Wellnessprogramm sie in den Südtiroler Bergen absolvierte? Markus fiele aus allen Wolken und käme vielleicht auf den Gedanken, Sophie in den letzten Jahren unterschätzt zu haben, und Felix hielte seine Mutter für übergeschnappt oder für cool, wer weiß.

Irgendwann am frühen Nachmittag lösten sie sich voneinander, streiften die Wald-und-Wiesen-Andenken von ihren Körpern, zogen sich an, wandten sich fast schamhaft voneinander ab und beschlossen, den Rückweg zur Gasser-Hütte anzutreten und in der Moar-in-Plun-Alm einzukehren. Champagner würde es da nicht geben, aber ein Glas Sekt ließe sich für ein übermütiges, ausgelaugtes Paar sicher auftreiben.

Getreu, dachte Sophie, als sie wachgerüttelt durch ein halsbrecherisches Fahrmanöver hochschreckte, hatten sie dieses Drehbuch umgesetzt und sich zudem mit einer Jausenplatte gestärkt. Bis zum Grillen am Abend in Zweikapellen hätte es Sophie nie ausgehalten. Sie aßen und tranken, sprachen wenig, lachten darüber, dass sie ihr Gewaltmarsch satte einhundertzwanzig Höhenmeter hatte überwinden lassen, und dachten nicht über den Augenblick hinaus. Sophie zumindest, die die Beine ausstreckte, ihre Hand auf Stefanos Schenkel legte und jeden Almneuankömmling mit einem herzhaften »Grüß Gott!« begrüßte – ein Bild, vor dem ihre Berliner Freundinnen mit Grausen geflüchtet wären.

Festhalten, festhalten! Kastners Ruf ließ keine Schwelgereien mehr zu; scharf zog er den Kleinbus von der asphaltierten Straße in einen Wanderweg, der rasch und kurvenreich anstieg. Nach dreihundert Metern hatten sie ihren Ausgangspunkt, das Sägewerk mit den unangenehmen bellenden Hunden, erreicht. Sophie kehrte in die Gegenwart zurück, hakte sich bei Pia Kremm, deren Begleiter mit muffigem Gesicht vorauseilte, unter. Die wusste nicht, wie ihr geschah, und Sophie erkundigte sich danach, ob sie den jungen Gruber endlich von einer Gesangseinlage überzeugt hatte. Pia Kremm schien das Wort »Gesangseinlage« zwar für unpassend zu halten, freute sich aber über Sophies plötzlich erwachtes Interesse, berichtete von Kontakten zu einem alternativen Literaturkreis in Bozen, der mit ihren Platten vertraut war, und fragte Sophie, wie ihr die Wanderung gefallen habe. Sie seien einander gar nicht begegnet. Ob Sophie und ihre Freunde Schleichwege eingeschlagen hätten.

Ausgezeichnet ist mir der Tag bekommen, antwortete Sophie. Der erste Anstieg war mühsam, doch wenn man seine Kräfte einteilt und ins Laufen kommt, geht es prima. Ganz neue Perspektiven hätten sich ihr erschlossen, manchmal sei es wichtig, sich mit Haut und Haaren auf die Natur einzulassen. Finden Sie nicht?

Pia Kremm stimmte begeistert zu und zog in Erwägung, sich dieses Themas in einem Lied anzunehmen. So als zeitgemäßes »Über den Wolken«, wenn Sophie verstehe, was sie meine. Der entfremdete Mensch, der sich die Natur erschließt, die Lust des Gärtnerns entdeckt … dazu fiele ihr bestimmt viel ein. Wollen Sie einen Apfel? Sie griff in ihre Jackentasche und kramte einen unscheinbaren rotgrünen Apfel hervor. Ein Mondapfel ist das, bei Vollmond gepflückt. Probieren Sie mal, wie der schmeckt, kein Vergleich mit anderem Obst. Vollmondäpfel sind saftiger, intensiver und haben wesentlich mehr Nährstoffe. Mit Stirnlampen und Fackeln gehen die Bauern nachts an die Arbeit und klettern auf die Bäume, ich habe das auf einem Biohof erlebt, ein unvergessliches Erlebnis.

Sophie griff beherzt zu. Nichts geht über unvergessliche Erlebnisse. Und heute äße sie sogar bedenkenlos Saturnbirnen oder Venuszwetschgen!

28

Ketchup haben wir auch, zwanzig Flaschen, die liegen unten im Keller! Der junge Gruber senkte seine Stimme und beugte sich zu Sophies Legobauer hinunter, dessen mit Bratwürstchen und Hühnerbrustscheiben beladener Teller aus der Balance zu geraten drohte. Zwanzig Flaschen?, wiederholte der Junge, und in seinem von Rauchschwaden geröteten Gesicht zeichnete sich Genugtuung über einen derart immensen Ketchupvorrat ab. Das reicht für heute Abend, ganz bestimmt, beruhigte er den Hausherrn und schüttelte die Flasche so heftig, dass sich ein großer, zähflüssiger Batzen über seinen Teller ergoss.

Sophie, die sich in die Schlange der Hungrigen einreihte, beobachtete ihren Freund, der akribisch seine Aufgaben als Grubers Gehilfe erfüllt hatte und sich nun selbst stärkte. Gruber und einer seiner Köche standen hinter dem Grill am Aufgang zur Veranda und kamen kaum hinterher, Fleischstücke, Maiskolben und Paprikaachtel auf den Rost zu legen. Lauter als sonst ging es zu. Das sei immer so an den Grillfreitagen, hatten die aus ihrem reichen Erfahrungsschatz schöpfenden Haselbergers gesagt, als sie einander an ihrem Tisch begrüßten. Ein Grillvergnügen erinnert die Menschen an ihre Urinstinkte, und achten Sie mal darauf, welche Mengen die mit einem Mal verdrücken. Unser Freund Köhler reiht sich sicher dreimal in die Warteschlange ein, mit Verweis auf seine anstrengenden Forschungsarbeiten. Sie müssen, Frau Hauffe, unbedingt die groben Bratwürste probieren, die beziehen die Grubers eigens von einem Bozener Metzger, bio seien die, heißt es.

Sophie hatte die zwei Stunden nach ihrer Rückkehr von der Gasser-Hütte in ihrem Zimmer verbracht, alle Kleider abgeworfen und sich auf der Balkonliege ausgestreckt. Sex mit diesem eigenwilligen, wunderbaren Mann und ein durchstrahlter Vollmondapfel, das galt es zu verkraften. Sie dachte kurz daran zu duschen, zögerte und entschied sich, nichts von Stefanos herb-sinnlichem Geruch abspülen zu wollen. Der würde im Lauf des Abends von allein verfliegen, doch die Vorstellung, den Petersens und Haselbergers frisch gevögelt und mit Unschuldsmiene gegenüberzutreten, reizte sie so sehr, dass sie ihre Hygieneregeln außer Kraft setzte. Sagte man heute noch »vögeln«?

Hatten Sie einen schönen Tag, Frau Hauffe? Der junge Gruber, der ihr mit geübten Handgriffen ein Rindersteak und Zucchinistreifen auflud, schaute sie prüfend an. Richtig erholt sehen Sie aus! Ja, finden Sie?, erwiderte Sophie und hielt Grubers Blick mühelos stand. Aber Sie haben recht. Mir geht es blendend. Man sollte viel häufiger größere Touren unternehmen und sich nicht so oft mit den Rentnerrouten zum Sonnenhäusl oder zur Schlernbank zufriedengeben. Der Mensch braucht gelegentlich Unternehmungen, die ihm den Schweiß auf die Stirn treiben. Deshalb müssen Sie mir unbedingt eine Bratwurst dazugeben, damit ich wieder zu Kräften komme.

Es zischte, Fleischsaft und Öl tropften auf die Grillkohle, Schwaden stiegen auf, sodass dem jungen Gruber keine Gelegenheit blieb, das Gespräch mit Sophie zu vertiefen. Dezentes Murren kam unter den Wartenden auf, die besorgt zusahen, welche Portionen diese Frau zu sich nahm. Ich hoffe, Herr Gruber, Sie selbst bekommen hinterher etwas von Ihrem Gegrillten ab. Sie wissen: die Kraftzufuhr! Sophie drehte sich mit einer eleganten Bewegung um und trug ihren Teller wie eine Trophäe in den Speisesaal, wo der Lärmpegel ungewohnte Ausmaße annahm. Sie verteilte freigiebig ein Lächeln nach links und eines nach rechts und wäre um ein Haar mit Maria zusammengestoßen, die zwei Weinflaschen und eine Handvoll Gläser durch die aufgescheuchten Gäste jonglierte.

Als sie zu ihrem Tisch zurückkehrte, wurde sie mit begeisterten Ausrufen begrüßt – fast so, als hätte sie das Rind persönlich erlegt und auf den Drehspieß geschoben. Köhler prüfte mit einem schnellen Blick Sophies Fleischstück und merkte an, dass er das umgehend probieren müsse. Der Kartoffelsalat sei ausgezeichnet. Das Ehepaar Petersen arbeitete sich durch einen Berg Bratwürste und hielt einen Verdauungsschnaps für unverzichtbar, während Frau Haselberger bereute, mittags einen Kaiserschmarrn zu sich genommen zu haben. Sophie, die beglückt ihre Zucchinistreifen aufspießte, erkundigte sich nach dem Wohlergehen aller, schwärmte vom Totensee, als hätte sie ihn mit eigenen Augen gesehen, und genoss ihren Schwebezustand. Blendend sehe sie heute aus, flüsterte ihr Köhler während einer kurzen Unterbrechung seiner Nahrungsaufnahme zu, was – fügte er rasch hinzu – nicht heißen solle, dass sie nicht jeden Tag hervorragend aussehe und eine Attraktion dieses Feriendomizils sei. Sophie legte ihre Linke auf seine Schulter. Reden Sie weiter, lieber Herr Köhler, ich könnte Ihnen stundenlang zuhören.

Vom Nachbartisch wehten Satzfetzen herüber. Man kann Weißwein trinken, wenn man gleich danach Salatgurke isst, stellte eine Frau, deren Gesicht Sophie nicht sah, apodiktisch fest. So werde man wieder basisch. Sophie stellte sich ein Gedeck mit Weißburgunder und Gurkenscheiben vor. Was für lebenswichtige Ratschläge man in Zweikapellen bekam. Als sie keinen einzigen Bissen mehr herunterbrachte und sich selbst Köhler nicht mehr zur Grillaußenstelle aufmachte, empfahl sie sich dezent, leichten Herzens auf das Dessert verzichtend. Diese Kalorienzufuhr brauchte sie heute nicht. Wahrscheinlich würde sie in Berlin beim Betreten der Waage zusammenzucken. Wie viel Kalorien verbrauchte man beim Sex … eine gute Frage, die ihr das Internet schnell beantworten würde.

Sie öffnete die Tür zur Bibliothek, in der um diese Zeit niemand saß. Ein enger, liebevoll eingerichteter, mit Teppich ausgelegter Raum erwartete sie. Polstersessel, die von Leselämpchen angestrahlt wurden, ein mintgrünes Sofa, eine Bücherwand und ein Sekretär, auf dem Bildbände, Südtirolia aller Art, lagen. Einer war aufgeschlagen, auf der Seite, die die Abgeschiedenheit von Zweikapellen pries und stolz seine illustren Gäste auflistete. Freud und Morgenstern natürlich, Syberberg, der wohl einen Mozart-Film mit Sonnenhäusl-Impressionen gedreht hatte, aber auch, wie Sophie mit einem Blick erkannte, der Maler Franz Defregger, ein Osttiroler, wenn sie sich recht erinnerte, über dessen Historienschinken sie in grauer Vorzeit eine Proseminararbeit geschrieben hatte.

Sophie beugte sich über die Buchseite und sah ein Gemälde, das sie nicht kannte, eine moosgrünbraune Ansicht von Zweikapellen, gegen Ende des 19. Jahrhunderts gemalt. Die zwei Kirchtürme zeichneten sich ab, und trotz aller Umbauten, die es seither gegeben hatte, fiel es Sophie nicht schwer, den Komplex wiederzuerkennen. Beinahe hätte sie aufgejuchzt, als sie die Leine mit weißer Wäsche sah, die Defregger als Kontrast zu den dunklen Farbtönen seines Bildes eingesetzt hatte. So sehr sich vieles änderte, manche Dinge blieben gleich. Vielleicht gab es ja in Zweikapellen und im Sonnenhäusl einen Beschluss, die weiße Wäsche als Traditionselement beizubehalten, obwohl ein Trockner die Arbeit wohl effizienter erledigt hätte.

Sophie schritt die Regale ab, griff einzelne Bände heraus. Manches kannte sie, manches war ihr völlig fremd. Es schien so, als würden die schreibenden Zweikapellen-Gäste ihre Werke der Bibliothek liebend gern vermachen. Zwischen Gottfried Kellers Novellen und dem »Leopard« von Lampedusa reihte sich die Studie über Sonderlingsfiguren in der deutschen Biedermeierliteratur ein, verfasst von einem Erwin Köhler. Sophie las den Klappentext, die mit einem unscharfen Schwarzweißfoto garnierte Vita des Autors. Keine Frage, das war ihr Tischnachbar, der Stieglitz-Forscher, der gerade die letzten Reste seines Grilltellers vertilgte und irgendwann sein Buch über Außenseiter, wie er selber einer war, in die Zweikapellen-Bibliothek eingestellt hatte. Sein Lebenslauf verwies auf eine Handvoll weiterer Publikationen und auf eine Lehrtätigkeit in Australien, an einer Universität, deren Namen Sophie nichts sagte. Jahre war das her, und mit keiner Silbe hatte Köhler bislang diese Phase seines Lebens erwähnt. Sie würde ihn morgen beim Frühstück dazu befragen, immerhin hatte er fast zehn Jahre dort verbracht. Was alles in ein

Leben passte, wenn man sich nicht mit dem Immergleichen begnügte.

Kurz überlegte sie, auf ihr Zimmer zu gehen und eine Lesestunde mit ihrem Meerroman einzulegen. Doch die Idee reizte sie nicht. Sie blieb unschlüssig stehen. Vielleicht lag es daran, dass sie gerade kein Buch von alternden Männern, die sich an Jugendlieben und tote Ehefrauen erinnern, lesen wollte. Sie mochte Romane, die leicht wehmütig auf verpasste Chancen oder schmerzhafte Unglücke zurückblickten, doch danach war ihr heute Abend nicht. Es ging im Leben nur weiter, wenn man so tat, als ginge es weiter.

Sophie setzte sich in einen der Sessel, knipste die Leselampe an und zückte ihr Mobiltelefon. Bis jetzt hatte sie sich beherrscht, eine enorme Willensleistung, zu der sie sich mit einem angedeuteten Klopfen auf die eigene Schulter gratulierte. Grün blinkte es ihr entgegen, eine Kurznachricht wartete auf sie, eine von Stefano, die nur aus einem Halbsatz bestand: »immer zu diensten – dein bewanderter bergführer s.«. Sie überlegte nicht lange und antwortete mit einem nicht minder knappen »Wie gut, dass auch erfahrene Bergkundige gelegentlich vom Weg abkommen – Deine für Wandertipps immer dankbare S.«. Hoffentlich reichte der schlappe Empfang in Zweikapellen, um die Nachricht zu verschicken. Wahrscheinlich war es dem jungen Gruber gelungen, die Satellitensignale zurückzufahren, um das Mailen und Simsen nicht überhandnehmen zu lassen. Nichts schlimmer als Urlauber, die ständig auf ihre technischen Geräte starrten.

Und weil sie schon dabei war, schrieb sie gleich eine Nachricht an Felix, in der sie nicht auf die Details ihrer Wanderung einging, sich aber in leichtem Ton nach ihm erkundigte. Sie vermisste ihn und wollte gar nicht darüber nachdenken, dass er nach seiner Rückkehr aus Amerika nur noch Zaungast in ihrem Leben sein würde.

Sophie blickte in der Bibliothek umher, fühlte sich wohl in diesem stillen Winkel, der nur ein paar Schritte vom geselligen Treiben entfernt lag. Aus den Speiseräumen drangen gedämpfte Geräusche herüber, manchmal ein vom Rotwein befeuertes Rufen, manchmal das Zu-Boden-Fallen einer Gabel. In einer Stunde wäre davon nichts mehr zu hören, in einer Stunde würde sich Sophie in ihrem Bibliothekssessel wie auf einem Ozeanschiff vorkommen, das nachts über stilles Wasser glitt. Sie wäre allein und würde sich nichts weniger als allein fühlen.

29

Wann hatte sie zum letzten Mal zu dieser Musik getanzt? Auf Hochzeiten von Freunden, aber das lag fünfzehn, zwanzig Jahre zurück. Mittlerweile waren die meisten dieser Ehen geschieden. Man hätte sich den Aufwand sparen können. Die Haltbarkeit der Liebe war rückläufig, keine Frage. Seit einer Stunde wirbelte Sophie auf der eigens freigeräumten Tanzfläche. Tische und Stühle waren beiseitegeschoben worden, mehr als sechzig Leute kamen in der Bar nicht unter. Eine Glocke aus Schweiß und unterschiedlich angenehmen Parfums hing über den altmodischen Kronleuchtern. »Dancing Queen« ... »I will survive« ... wie auf den Klassenpartys früher. Wahrscheinlich hatte Angela dem Discjockey einen Geldschein zugesteckt, damit er zwischendurch seine mittelalterlichen Gäste glücklich machte.

Zu zehnt waren sie am frühen Abend in das Kino eingefallen, einer von Angelas Freunden sprach jede Szene der »Feuerzangenbowle« mit, und wie es sich gehörte, hatte Sophie am Ende ein paar Tränen verdrückt, nicht die ersten in diesem fast erledigten Jahr. Danach zogen sie weiter zu einem Stehimbiss, Currywurst, Pommes mit reichlich Mayo, dazu Bier aus der Flasche. Markus wäre erschüttert gewesen, er, der – wenn er es sich leisten könnte – alle Tage in Sterne-

lokalen verkehren und sich als Weinconnaisseur aufspielen würde. Nichts alberner als Männer unter siebzig, die auf einem Schluck Wein herumkauten, grimassierten und dem Getrunkenen absonderliche Attribute gaben. Zarter Holzton mit Sauerkirschen und so.

Das Bier schmeckte Sophie großartig, sie lächelte Angela dankbar zu, während sie die grünen Flaschen aneinanderstießen. Schaschlik, ich nehme Schaschlik, rief der Heinz-Rühmann-Fachmann von seinem Stehtisch aus zum Tresen, ich brauche eine solide Grundlage für die Exzesse der Nacht. Gute Idee, gab Sophie zurück, das Letzte habe ich auf dem Volksfest in Stuttgart gegessen, vor, schätze mal, dreißig Jahren. Bin gespannt, wie sich die deutsche Schaschlikkultur seitdem entwickelt hat. Ich erwarte kein zu frisches Bratöl, eine scharfe Soße, weiche Paprikaschnitze, noch weichere Zwiebeln und Fleischstückchen, die schön mit Fett durchzogen sind.

Sie kauften den Bestand an gebratenem Schaschlik auf und teilten sich die acht Spieße gerecht – beobachtet von den Stammgästen der Bude, die sich über die aufgebrezelten, aufgedrehten und gar nicht in das öltriefende Ambiente passenden Schaschlikfans wunderten.

Gestärkt, bierselig und mit Soßenspritzern bekleckert, waren sie, von Angela angetrieben, mit der U-Bahn zu der Bar gefahren, um ins neue Jahr hineinzufeiern. Einen Moment lang zögerte Sophie, hielt es für klüger, sich abzuseilen und still für sich in ihrer Wilmersdorfer Wohnung mit diesem Jahr abzuschließen und einen Entschluss zu fassen, irgendeinen, schön symbolträchtig. Doch kaum hatte sie die herrlich geschmacklose Einrichtung der Bar gesehen und Cyndi Laupers »Girls just want to have fun« gehört, hatte sie altes Mädchen beschlossen, sich dem »fun« ganz und gar hinzugeben.

Als entschlussschwache, liebessehnsüchtige Mittvierzigerin konnte sie die nächsten Tage noch lange genug durch die Stadt schleichen und sich selbst bemitleiden. Es kam nicht mehr darauf an.

Sie verließ die Tanzfläche nur, um von ihrem Wodka sour zu nippen … obwohl »nippen« den Sachverhalt nicht korrekt wiedergab. Den wievielten hatte sie intus? Wodka sour war der einzige Cocktail, den sie gern trank. Alle tanzten durcheinander, von Pärchen ließ sich nicht sprechen, und alle grölten bei jedem zweiten Lied laut und falsch mit. Sophie fühlte sich lebendig wie seit Langem nicht, wie seit den Tagen mit Stefano, als sie beide so getan hatten, als ließe sich eine Urlaubsleidenschaft mühelos konservieren und in dauerhafte Zustände überführen. Wenn sie länger wartete, war es zu spät, dann würde sie im Museum versauern, die verwischten Grashalme auf impressionistischen Gemälden zählen, ihre Haare zu einem Dutt zusammenbinden und darauf hoffen, dass sich irgendjemand erweichen ließe und ihrem Direktor ein Gnadenbrot gäbe, weit, weit weg von Berlin.

Die Kreise auf der orangeroten Bartapete bewegten sich, dachte Sophie einen Moment lang, als der Discjockey Cyndi Lauper den Saft abdrehte und Tina Charles' »I love to love« eine Chance gab. Ein Aufschrei begleitete die ersten Takte, Sophie erinnerte sich an ihren zweiten Freund – oder war es der dritte? –, mit dem sie dieses Lied stundenlang gehört hatte, auf einer stockfleckigen Matratze in einem gut isolierten Hobbykeller. Die Tapete hielt nicht still; Sophie schwankte ein wenig, krallte ihre Hand in den Oberarm des Heinz-Rühmann-Spezialisten, der, so kam es ihr vor, auch mit leichten Gleichgewichtsproblemen zu kämpfen hatte, ein Bruder im Geiste ganz offensichtlich.

Als Tina zum letzten Mal den Refrain krähte, blendete der Discjockey aus und forderte alle auf, sich für den Countdown, den Mitternachtscountdown, bereitzumachen. Angela schlängelte sich mit einem Tablett durch die Tänzer, Champagnerkelche balancierend. Noch fünf Sekunden, vier, drei, zwei, eins, zero – happy new year! Eine Leuchtrakete stieg draußen an der Hauswand auf, als sie sich zuprosteten, als Sophie Angela umarmte, als sie zu schluchzen begann und Heinz Rühmann beziehungsweise seinem Interpreten um den Hals fiel, ihn auf den Mund küsste, bis er sie nach zwei Schrecksekunden zurückküsste. Die betrunkene, glücklich-unglückliche Sophie wollte jetzt einen Mann küssen, verdammt, und der da war fraglos der Beste im vorhandenen Angebot. Wer am letzten Tag des Jahres ein unmäßiges Schaschlikbedürfnis entwickelt, kann kein ganz schlechter Mensch sein, und seine Küsse waren nicht von schlechten Eltern. Die meisten Männer hantierten zu wild mit ihrer Zunge und meinten, ein weiblicher Erstickungsanfall sei ein Beleg großer Erregung.

Sophie leckte seinen Hals entlang, er roch erstaunlich gut, Alkoholausdünstungen setzten offensichtlich mit Verzögerung ein. Vergeblich versuchte sie sich von ihm zu lösen, sich auf einen rettenden Sessel zu werfen. Ihr war so elend, ihr mit Pommes, Schaschlik, Bier und viel saurem Wodka aufgefüllter Magen rebellierte. Heinz Rühmann sah sie entgeistert an, wollte einen Schritt zurücktreten, doch die Mitfeiernden, die von Sophies Nöten nichts mitbekamen, blockierten alle Rückzugsschneisen. Sophie klammerte sich an den Mann, den sie auf gar keinen Fall mehr küssen wollte. Ihr Magen krümmte sich, sie versuchte verzweifelt hinunterzuschlucken, was nicht mehr hinunterzuschlucken war. Mit einem Ruck, mit einer Körperexplosion übergab sie sich, überzog Heinz Rühmann mit einem Gemisch, das zu beschreiben keiner der Beteiligten jemals Lust haben würde, und sank auf den Boden – von den Tanzenden und Champagnertrinkern kaum bemerkt. High Heels trafen sie in der Lende, was zu einer weiteren Salve des Erbrechens führte. Sie röchelte. So begann ihr neues Jahr.

30

Was, fragte sich Sophie in den Herbstmonaten, als sich der Alltags- und Arbeitstrott schneller als gedacht wieder eingestellt hatte, habe ich in meiner zweiten Zweikapellen-Woche gemacht? Wie oft dachte sie, wenn sie einen Ausflug zum Plötzensee oder Koenigssee unternahm, an den zurückliegenden Sommer, wenn sie aufs Wasser sah, als gäbe es am Horizont Verlorenes zu entdecken, als täten sich da wie von Zauberhand Berge und Almwiesen auf? Wie leicht war es gewesen, an den sehr kurzen Aufstieg zur Gasser-Hütte anzuknüpfen, die über sie gekommene Hingabe an diesen mindestens zehn Jahre jüngeren, eigenbrötlerischen Mann als Selbstverständlichkeit anzunehmen und die Tage unreflektiert zu genießen.

Sie tänzelte über die Veranda, steckte Magda, Maria und Richard grundlos Trinkgeld zu, zeigte ihre aufgeräumte Stimmung nicht zu demonstrativ, ging schwimmen, sonnte sich, nur sich von innen und das Panorama studierend, wanderte mit den Haselbergers zum Nussbaumer Erdstall und ging mit Pia Kremm deren Texte durch, die so schauerlich klangen, als hätten sich der Südseehäuptling Papalagi, Franz Alt und Konstantin Wecker zu einem allerletzten Revivalkonzert zusammengefunden.

Und so oft es ging, traf sie sich mit Stefano, mal am Oberen Wasserfall, mal jenseits des Tals auf der Trostburg. Und sie marschierten vom Winterlehof aus hinunter nach Sauders, wo man Stefano kannte und grüßte, mit kaum verhohlener Neugier, als sich herausstellte, dass er dieser Sommerfrischlerin, einer Deutschen, nicht nur als Wanderführer diente. Sie kehrten im Winklerhof ein, dessen Eingang schwer zu finden war, aßen Schlutzkrapfen und ein Speckbrot. Was Stefano mit dem Wirt sprach, verstand Sophie nicht; der Dialekt klang ihr nicht unangenehm in den Ohren, und während sie ihre Beine auf der Terrasse ausstreckte und ein Radler trank, diskutierte Stefano mit dem Winkler-Wirt über mit Sicherheit hoch interessante Fragen. Ohne Sophie anzusehen, griff Stefano alle paar Minuten nach ihrer Hand, als wolle er sich ihrer Gegenwart versichern, und knetete sanft ihre Finger. Der Abdruck des Eherings war kaum mehr zu sehen.

Sie verbrachten zwei Tage und zwei Nächte in Stefanos Wohnung, ohne dass sich Sophie, wie sie lachend zugab, ordnungsgemäß in Zweikapellen abgemeldet hätte. Natürlich würde man ihren leeren Platz beim Abendessen bemerken, das wollte sie wohl hoffen, aber eine Vermisstenanzeige würden die Grubers nicht gleich aufgeben. Sophie gefiel es, wie ruhig Stefano mit ihr umging und wie sie dennoch zu fühlen glaubte, dass er kein Routineprogramm abspulte, dass es ihr gelungen war, ihn – nicht nur im Bett – aus der Reserve zu locken. Sie setzte sich neben den Kachelofen in seinem winzigen Esszimmer, sah ihm zu, wie er am Schreibtisch nachdachte und in seinen Laptop schrieb. Sie beobachtete ihn, wie es ihm schwerfiel, den Sonnenhäusl-Artikel abzuschließen; er ließ sie den Text lesen, korrigierte, verteidigte seine Sätze, schwächte ab und legte mit ihr die Fotos und Gemäldemotive fest, die er der Redaktion vorschlagen wollte. Auf das Mittelalter-Hitler-Bild verzichtete er, der Parteitagsplakatentwurf musste reichen. Ob man, fragte er Sophie, verstehen würde, dass es ihm nicht um Denunziation gehe? Die Zeit mit ihm verflog, nachmittags setzten sie sich auf eine Holzbank an der sonnenbeschienenen Hauswand. Er winkte einer Nachbarin zu, die betont langsam seinen Gartenzaun entlangging, darauf bedacht, einen Blick auf Sophie zu erhaschen. Stefano machte das nichts, er hatte sich angewöhnt, sich von den anderen nicht über Gebühr einschränken zu lassen. Manchmal, sagte er, ist das schwieriger, als man denkt, und manchmal macht das einsam.

Den Friedhof von Villanders, den wolle er ihr zeigen. Dessen Attraktion könne zwar mit dem Dolomitenblick schwerlich mithalten, aber nirgendwo anders als hier wolle er begraben sein, in frühestens fünfzig Jahren allerdings. Sie gingen Arm in Arm ins Zentrum zur Pfarrkirche, eine Dorfgasse hinauf. Eng lagen die Gräber beieinander, jeden Zentimeter ausnutzend.

Fällt dir etwas auf, Sophie? Sie sah sich um, ging eine Grabreihe entlang und begriff, was diesen Friedhof von anderen unterschied. Die verschnörkelten schmiedeeisernen Kreuze standen nicht hinter den Sterbebeeten, sondern davor, als wollten sie die Toten abschotten, sie schützen. Warum das so sei, erläuterte Stefano mit einer den Friedhof umarmenden Handbewegung, sei umstritten, einer Nachlässigkeit des Gemeinderats oder einem betrunkenen Friedhofsarchitekten könne man das auf jeden Fall nicht anlasten. Es gebe enttäuschende Erklärungen, die anführten, dass auf diese Weise die Weihwasserbecken einfacher zu erreichen seien, doch ihm gefalle die viel erzählte Vorstellung besser, man habe die Kreuze so platziert, um den Toten zu ermöglichen, jeden Morgen den Sonnenaufgang zu erleben. So male ich mir aus, Sophie, wie die, die ein paar Jahre nach meinem Tod an mich denken werden – das lässt ja nach, bis einen alle vergessen haben –, morgens die Gasse hinaufsteigen, sich an mein Grab stellen und mit mir gemeinsam die Sonne begrüßen. Ein schönes Bild, oder? Gedacht ist daran, wie gesagt, in frühestens fünfzig Jahren.

Sophie erwiderte nichts, lehnte sich an ihn und fühlte sich, obwohl sie vom Tod sprachen, von einer Schutzschicht umgeben. Wann gehst du mit mir über Berliner Friedhöfe?

31

Einen Tag später, vier Tage bevor Sophie die Heimfahrt nach Berlin antrat, zurück in die Stadt, die ihr mittlerweile zusetzte, endete die wolkenlose Zeit mit Stefano. Als er ihr von kurzfristigen Reportageaufträgen erzählte, die ihn manchmal zwängen, bei Nacht und Nebel aufzubrechen, glaubte sie ihm nicht. Sie brauchten jede Stunde, um sich aufeinander einzulassen. Sie wollte losspringen, sich befreien. Was wollte er?

An jenem Vormittag, als sie von Villanders über die Wiesen nach Zweikapellen aufgestiegen war und sich mit Unschuldsmiene unter den Kastanienbaum setzte, wo Köhler sie an sich drückte, als sei es das letzte Mal, kam Stefanos Nachricht, deren Wörter sich ihr einbrannten. Wo sie denn gewesen sei am gestrigen Abend, fragte Köhler mit leicht vorwurfsvollem Ton, erst sei es auf der Veranda sehr lustig zugegangen, bis es zu einem Streit zwischen der Liedermacherin und ihrem Gefährten, diesem maulfaulen Fotografen, gekommen sei. Heute Morgen habe sich die Kremm von Kastner abholen lassen, in aller Herrgottsfrühe, von ihm keine Spur, womöglich verschanzt er sich auf seinem Zimmer. Möglicherweise habe es damit zu tun, dass der junge Gruber sich weiterhin weigere, einem Liederabend zuzustimmen. Eine Entscheidung, mit der er, Köhler, sehr einverstanden sei. Das fehlte noch, nachmittags oder abends Gesangseinlagen, was auch immer diese Frau zum Besten geben wolle.

Sophie sah durch ihn hindurch, hörte nicht zu. Stefano war abgereist, drei Stunden, nachdem Sophie sein Bett und sein Haus verlassen hatte. Gestern habe er ihr nichts sagen wollen und können, es sei ihm nicht über die Lippen gekommen. Er müsse sofort aufbrechen, ein Kollege, der über die Literaturstadt Triest hätte schreiben sollen, sei ausgefallen, ein fiebriger Infekt. Das Honorar sei so gut, dass er nicht ablehnen könne. Und danach müsse er nach Liechtenstein fahren. Ein deutsches Magazin habe ihn aufgefordert, den Finanzschauplatz Liechtenstein zu porträtieren, die Protagonisten aller Geldschiebereien der letzten Jahre aufzusuchen und die Lebensgeschichten Einzelner so darzustellen, dass klar werde, warum Liechtenstein so schnell aus der Schusslinie geraten sei und ob sich an der Geschäftspraxis der Banken seither etwas geändert habe. Ein heikler Auftrag, wie sie sich denken könne. Beim Fürsten werde er kaum eine Audienz erhalten, aber die Redakteure hätten erste Wege für ihn geebnet. Frühestens in anderthalb Wochen werde er nach Villanders zurückkehren.

Sophie durchbohrte das Blätterdickicht der Kastanie mit den Augen. Kein Kind turnte auf den ausladenden Ästen und jagte seinen Eltern Angst und Schrecken ein. Ihr kleiner Legobauer war längst wieder zu Hause und hatte sie vergessen.

Vielleicht, Herr Köhler, sollte ich auch abreisen, was glauben Sie? Der sah sie entgeistert an, unterbrach abrupt seine Schilderung des Kremm'schen Abschiedsauftritts, unter dem vor allem Bergtaxiunternehmer Kastner, der nicht wusste, wie ihm geschah, gelitten hatte. Köhler begriff, dass es besser war zu schweigen. Sophie tippte eine knappe Antwort in ihr Handy, verbiss sich jede Süffisanz, wünschte Stefano Erfolg und schloss mit einem »Lauf nicht davon, bitte, in vier Tagen bin ich weg«. Den Zusatz »aber nicht für immer« hatte sie gelöscht. Was hätte der genützt?

Sophie verbrachte die nächsten Stunden auf ihrem Zimmer, las in dem Buch, in dem sie vor ein paar Tagen nicht mehr hatte lesen wollen, und unterstrich mit Bleistift einen Satz, der sich ihr einprägte, ohne dass sie seinen Sinn auf Anhieb verstand: »Doch wann, in welchem Augenblick, in welchem aller unserer Augenblicke, wäre das Leben denn nicht von Grund auf, ja von Grund auf verändert, bis zu jenem letzten aller Augenblicke, bis zu jener allerletzten grundlegenden Veränderung?« Sie las ihn sich laut vor, stand auf, betrachtete sich im Spiegel und freute sich über den Knutschfleck, den Stefano an ihrem Hals hinterlassen hatte. Knutschfleck … wie lange sie dieses Wort nicht mehr gedacht hatte … Knutschfleck. Früher hatte sie sich in solchen Fällen ein Halstuch umgeworfen oder einen Rollkragenpullover angezogen. Bei der gesetzten Kundschaft in Zweikapellen war das wohl nicht nötig. Man würde den rötlichen Fleck für den Stich einer aggressiven Mücke oder für eine allergische Reaktion halten.

Nachmittags ging sie hinunter, am Krautschneiderbild vorbei, und steuerte auf Grubers Büro zu. Er saß über Abrechnungen und starrte unwillig auf eine Exceltabelle. Sophie klopfte an, obwohl die Tür offen stand.

Darf ich kurz stören? Gruber schreckte hoch. Ach Sie, Frau Hauffe, wieder im Lande? Wir haben Sie schon vermisst. Ich hoffe, es geht Ihnen gut. Wie ich höre, haben Sie in letzter Zeit vor allem die Gegend um Villanders erkundet. Leider liegt es zu nah an der Autobahn, das stört den Gesamteindruck.

Sophie spürte, wie die Stimme des jungen Gruber ins Unwirsche umschlug. Ich wollte nur fragen, ob Sie wissen, wie oft die Seilbahn von Oberbozen hinunter nach Bozen fährt. Vielleicht mache ich morgen einen Versuch, mich Bozen auf diese Weise zu nähern. Die eine Autofahrt in die Innenstadt hat mir gereicht. Man kann ja nicht immer nach Villanders wandern.

Alle paar Minuten fährt die neue Bahn. Wartezeiten gibt es keine, lassen Sie ihr Auto in Oberbozen stehen, das ist am einfachsten, antwortete Gruber, der vergeblich darauf gehofft hatte, Sophie zu provozieren.

Spielen Sie Tischtennis, Herr Gruber? Ich würde gern eine Partie mit Ihnen spielen. Lassen Sie Ihre Exceltabellen Exceltabellen sein, und kommen Sie mit.

Gruber zögerte, willigte ein, und beide gingen die wenigen Schritten zum Spieleraum, dessen schräg gestellte Fenster auf den Verandaaufgang hinausgingen. Um diese Uhrzeit lagen die Schläger unbenutzt auf der Platte, und selbst am Tischfußball versuchte sich keiner.

Sophie und der junge Gruber kämpften eine Stunde gegeneinander. Er hatte sie unterschätzt, und sie hatte ihm nicht verraten, dass sie bis ins Studium hinein Mitglied eines Münchner Tischtennisvereins gewesen war und, wann immer es ihre Zeit zuließ, an Wettkämpfen teilgenommen hatte. Noch heute spielte sie in Berlin manchmal gegen ihre Freundin Angela; Markus und Felix hatten früh die Segel gestrichen und ihre Oberhoheit an der Platte akzeptiert. Sie zählten wie früher bis einundzwanzig, und Sophie zog alle Register, erinnerte sich daran, wie sie früher vergeblich gehofft hatte, mit Schmetter- oder Topspinbällen zu glänzen. Ihre Spezialität war es, den Gegner langsam zu zermürben, die Bälle wieselflink über das Netz zu stochern, schnell von links nach rechts wechselnd. Keine ansehnliche Spielweise, aber eine wirkungsvolle. Sie merkte, wie sie den jungen Gruber damit reizte, der vergeblich versuchte, elegante Ballwechsel zu eröffnen, um sie kurz darauf mit einem schneidend scharfen Schmetterball abzuschließen. Sophie ließ sich zurückdrängen und retournierte selbst dann, wenn Gruber bereits zu einer versteckten Triumphgeste ansetzte. Am Ende hatte sie vier von fünf Sätzen gewonnen und fühlte sich besser.

Die letzten Tage in Zweikapellen verbrachte sie mit Nichtstun. Einmal fuhr sie mit dem Wagen nach Oberbozen, parkte an einem weitläufigen Hotel und ging den Fußweg zur Kirche Maria Himmelfahrt, die sie auf einem Foto in der Bibliothek von Zweikapellen gesehen hatte. Über deren Geschichte wusste sie nichts. Was sie nicht störte. Sie setzte sich auf eine Bank und schaute vor sich hin. Sie grüßte die Passanten und rauchte einen Zigarillo. Später würde sie einen Kaffee trinken und zurück zum Parkplatz am Unterbalwitter Hof fahren. Die Seilbahn nach Bozen nahm sie nicht. Beim nächsten Mal vielleicht.

32

Am Nachmittag kam sie wieder zu sich. Wie war sie nach Hause gekommen? Irgendein sehr hilfsbereiter, mitfühlender Mensch hatte ihr einen Pyjama angezogen und sie ins Bett verfrachtet. Ihr Kopf dröhnte, ihre Zunge war ausgedörrt, als hätte sie zu Fuß einen Canyon durchquert. Auf dem Nachttisch stand ein Wasserglas, das sie in einem Zug leerte. Daneben ein Zettel mit Angelas Handschrift: »Ein gutes neues Jahr, Sophielein. Davon werden wir noch in Jahren sprechen. Nächstes Mal gehen wir in eine andere Bar, müssen wir wohl. Und damit du dich nicht mit einem Filmriss quälst: Ich habe dich gesäubert und hergebracht. Am Abend meld ich mich, Angela.« Sophie stand auf, ein Vorgang, der Zeit in Anspruch nahm. Eine Dusche, eine eiskalte Dusche, und zwei Aspirin. Dann sah man weiter.

Leicht und schwer fühlte sie sich beim Abschied. Mit ihren Tischnachbarn verbrachte sie einen unbekümmerten Abend. Vertrautheit herrschte zwischen ihnen, nicht zu viel und nicht zu wenig. Frau Petersen erzählte von Kunden, die eine Stunde brauchten, um sich für einen Gurkenhobel zu entscheiden, ihr Mann nickte. Herr Köhler behauptete, sein Manuskript im kommenden Monat abzuschließen, und die Haselbergers sehnten ihre Pensionierung herbei und luden Sophie ein, ein Wochenende bei ihnen in der fränkischen Schweiz zu verbringen, zum Karpfenessen in Trabelsdorf oder zum Biertrinken in Buttenheim. Sophie wunderte sich über so viel Nähe, obwohl sie wusste, dass sie diese Einladung nie einlösen würde. Sie verabschiedete sich von den Grubers, hinterließ stattliche Trinkgelder und bestellte das Kastner-Taxi für halb acht. Dann schliefen alle noch, und der Abschied fiele ihr leichter.

Hühnersuppe. Zum Glück fand sich im Küchenschrank ein Glas Hühnersuppe, dessen Haltbarkeitsdatum nicht überschritten war. Das würde ihr guttun, dazu Salzbrezelchen und Cola, das Allzeitrezept ihrer Mutter für verdorbene Mägen. Sie schlürfte die Suppe in kleinen Schlucken und fühlte, wie sie langsam zu Kräften kam. Was für ein Start ins neue Jahr. Ihr Schaschlikbedarf war für die nächsten zehn Jahre gedeckt, der an Wodka sour auch, für fünf Wochen. Wo steckte ihr Handy? Sie schleppte sich zur Garderobe, suchte die Manteltaschen ab. Da war es, Glück gehabt. Vier Kurznachrichten und zehn Anrufversuche, alle von Stefano. Sie hörte die Mailbox ab, hörte ihm seine Enttäuschung an, sie nicht erreicht zu haben. Nach Berlin wolle er kommen, für ein paar Tage. Dann brach die Nachricht abrupt ab. Sophie löffelte ihre Suppentasse aus. Nachher musste sie ihren Vater anrufen. Und Stefano.

Neun Stunden würde sie mindestens brauchen, selbst wenn sie ordentlich Gas gab. Einen Zwischenstopp wollte sie nicht einlegen, obwohl sie kurz überlegt hatte, in Bamberg zu übernachten und der Haselbergers zu gedenken. Während Kastner wie eh und je auf sie einredete, schaute sie durch die Heckscheibe zurück, verabschiedete sich von Zweikapellen, einen Wunsch auf den Lippen, den sie niemandem verriet. Auf dem Parkplatz schüttelte ihr Kastner lange die Hand und zwinkerte ihr zu. Sie werde ja bald wiederkommen, da sei er sich sicher. Er habe da etwas mitbekommen. Das diene der Völkerverständigung. Erstaunlich, dachte Sophie, wie zuverlässig die Nachrichtenübermittlung funktionierte. Kastner winkte ihr hinterher.

Ein windstiller, nicht zu heißer Tag. Sophie konnte sich Schöneres vorstellen, als neun Stunden im Auto zu verbringen, und womöglich von einem Stau in den nächsten zu geraten. Doch es lief besser, als sie dachte. Sie hörte ihre selbst gebrannten CDs, liebevoll zusammengestellte Sampler ihrer Lieblingssongs, quer durch den musikalischen Gemüsegarten. Sie nutzte die Fahrzeit zum Nachdenken, zum Überlegen, und als sie auf der Avus ankam, wusste sie, dass sie nichts übers Knie brechen würde, immerhin. In einem halben Jahr würde sie klüger sein. Wie lange der Südtiroler Energieschub wohl anhielte? Konnten zwei Wochen, konnte ein Mann, der es gewohnt war, für sich zu leben, sie aus ihrem Gleis reißen? Womit wollte sie ihr Geld verdienen, wenn sie ihren Job im Museum aufgab? Kein Ehemann mehr, keine Arbeit mehr. Ihre Mutter hätte sich an den Kopf gefasst und sich resigniert in die Küche zurückgezogen.

Sophie fand einen günstig gelegenen Parkplatz, direkt vor dem Frauenhotel in der Brandenburgischen Straße, das nach einer tapferen griechischen Heeresführerin benannt war. Sie tätschelte das Armaturenbrett und lobte ihr Auto. Sie stellte den Motor ab und fragte sich, was am Ende dieses Berliner Sommers und Herbstes stünde. Sophie fuhr in die Berge. Kein schlechter Romanstoff.

Sie kannte seine Nummer auswendig. Hoffentlich legte Stefano ausnahmsweise eine Recherchepause ein. Mit einem Mal wusste sie, wie ihre Geschichte weitergehen würde.

PIPER

Rainer Moritz

Madame Cottard und die Furcht vor dem Glück

Roman. 256 Seiten. Piper Taschenbuch

Zeit für die Liebe, Sonne und die salzige Luft des Atlantiks – so hatte sich Nathalie ihre ersten Ferien mit Robert vorgestellt. Fühlen, ob das mit ihm Zukunft haben könnte. Doch dann ist schon die Gegenwart allzu rasch zu Ende: Robert muss beruflich zurück nach Paris. Ist ihm seine Arbeit wichtiger? Nathalie beginnt zu prüfen, wie groß ihre Sehnsucht nach ihm ist …

»Charmant und très français!«
Absolut Beautiful

»Auch diese zweite Folge der Liebesgeschichte um Madame Cottard überzeugt durch feinsinnigen Humor und solide Leichtigkeit«
Die Welt

01/1997/01/R